名 家 散 文 典 藏

彩插版

杨牧散文精选

杨牧　著

长江出版传媒　长江文艺出版社

图书在版编目（ＣＩＰ）数据

杨牧散文精选 / 杨牧著.－武汉 ：长江文艺出版社，
2021.3
　　ISBN 978-7-5702-1369-6

　　Ⅰ.①杨… Ⅱ.①杨… Ⅲ.①散文集－中国－当代
Ⅳ.①I267

　　中国版本图书馆 CIP 数据核字(2019)第 252615 号

责任编辑：陈欣然　　　　　　　　　责任校对：毛　娟
封面设计：龙　梅　　　　　　　　　责任印制：邱　莉　　王光兴

出版：长江出版传媒 ｜ 长江文艺出版社
地址：武汉市雄楚大街 268 号　　　　邮编：430070
发行：长江文艺出版社
http://www.cjlap.com
印刷：武汉中远印务有限公司

开本：640 毫米×970 毫米　　　1/16　　印张：13.75　　　插页：5 页
版次：2021 年 3 月第 1 版　　　　2021 年 3 月第 1 次印刷
字数：155 千字

定价：36.00 元

自序

半是悬想过高，半是自觉未逮，这许多年来我于散文之为艺术早产生一种又爱又恨的失恋情绪。愤慨之余，我会觉得散文只是我所追求的文学结构里较为次要的一环，以此借口掩饰自己的疏懒；然而认真地说，我深知古来弄墨之人，以散文为主要媒介，坚持不分行的艺术的，代有峥嵘杰出者，而当散文臻其极高之时，本不乏立霄干云之作，其起承之气势，其转合之跌宕，其动人移人，绝不在诗之下。我个人冷暖试之，觉其戛戛乎难哉，困而后复不能尽知，难免挫折憔悴，期期艾艾，有时终于断定散文之为艺术，是有限的，不能与诗相提并论。总是因为断定了散文的世界是有限的，相对于此，诗的创造即比较惊险刺激，字数虽少，空间却大，是一种以有涯逐无涯的心智活动，于字面质理的排比间，且具有无穷的暗示性和音乐性。文学艺术到了某一个层次的时候，是不能不讲究暗示性和音乐性的。

所谓暗示性，用时髦的批评术语说，大概就是所谓象征主义之类的作用吧。散文到了某一个层次的时候，也并非独缺暗示性，古来才子于说大鹏、传伯夷之际，何尝不是附丽比类，出人意表？散文写到那个境界，真是山川无极，已经超越了传统诗赋的艺术限度，中国文学的一美丽新世界于焉展开。然而庄子、史迁已经死去很久了。幸好江山代有才人出，祭鲤鱼，论留侯，文起八代之衰，万古为之一洗，信哉信哉，可是昌黎、东坡也不得不死。又幸好就在东厂锦衣的气焰沸腾之下，晚明二三子为我们练就另外一种比盐水还清还硷的散文。袁中郎的恣意潇洒，尺牍小品足可以独排末代官僚的黑暗；张宗子的风骨落拓，自祭祭人，也足可以渲泄亡国的怨恨辛酸。散文而如此，当然比献吉、仲默之流的诗更高明更动人，甚至比钱牧斋、吴梅村的诗更精致真实。在十七世纪鬼哭神号的文学世界里，讲到生命的投入和奋斗，除了这几篇散文以外，恐怕只有李笠翁、金圣叹少数几个人值得一提；而真正能和这些散文作者上下颉颃的英雄人物，不是诗人，是落发的画家，拒官的哲人，和游击抗清的志士而已。但他们也通通不得不死。

死者已矣！我们今天面对的是白话文运动留下来的烂摊子，这烂摊子要我们收拾整理。

所谓音乐性，于文学的领域里，乍看仿佛是诗的专利，其实也不容置疑。另一个说法可谓文学而有音乐性，便已经是诗了，何散文之有？然则不然，生为中国文化传统里的读书人而有志于文学创作，天赋保有一伟大的资产，这资产即是我们文字的绰约美妙，于一章一节中，堆积排比，初不受主词述词的无谓限制，可长可短，更能在文字的平仄声韵里，构筑跌宕的风云，可高可下，并以之决定文义，随时定型，自成理念，甚至连最有经验的文法家都尤从索引。中国文学数千年的发展，于句律章法的经营，无所不用其极，唯独不曾弄出一套人人同意的标点符号如英文者，其故甚明。这样可挥可洒的文字，当我们有志于利用它来传达思想的时候，秩序化应即是音乐化的时候。大好的机会在那里，若不积极利用，岂不遭鲜卑胡儿嗤笑？

音乐化自然包括骈偶正反对句的艺术，但并不止于此，盖若止于此，恐怕具有音乐性的散文只是稍稍解放的诗罢了，并非理想的散文。

理想的具有音乐性的散文于骈偶排比之外，更须追求不骈偶不排比的境界。唯有破坏骈偶排比的俪体，不论其为雄健为婉约，皆得依我吐字的生理运作而放开，此古人之所谓"气"，只有如此，方才是"散"文。

我觉得以下所举诸节，都可以作为现代散文追求音乐性时候的模范：

> 子蔡曰：夫大块噫气，其名为风，是唯元作，作则万窍怒号——而独不闻之元乎？山林之畏佳，大木百窍之窍穴，似鼻，似口，似耳，似枅，似圈，似臼，似洼者，似污者；激者，謞者，叱者，吸者，叫者，譹者，宎者，咬者。前者唱于，而随者唱喁；泠风则小和，飘风则大和；厉风济，则众窍为虚——而独不见之调调之刁刁乎？
>
> （庄子《齐物论》）
>
> 孔子去，谓弟子曰：鸟，吾知其能飞；鱼，吾知其能游；兽，吾知其能走。走者可以为罔；游者可以为纶，飞者可以为矰。至于龙，吾不能知其乘风云而上天。吾今日见老子，其犹龙邪！
>
> （司马迁《老子韩非列传》）
>
> 往时张旭善草书，不治他伎。喜怒，窘穷，忧悲，愉佚，怨恨，思慕，酣醉，无聊，不平，有动于心，必于草书焉发之；观于物，见山水，崖谷，鸟兽，虫鱼，草木之花实，日月列星，风雨水火，雷霆霹雳，歌舞战斗，天地事务之变，可喜可愕，一寓于书。故旭之书，变动犹鬼神不可端倪，以此终其身而名后世。
>
> （韩愈《送高闲上人序》）
>
> 木有瘿，石有晕，犀有通，以取妍于人，皆物之病也。適居无事，默自观省，回视三十年以来所为，多其病者——足下所见，

皆故我，非今我也。无乃闻其声，不考其情；取其华，而遗其实乎？抑将又有取于此也？此事非相见不能尽。

（苏轼《答李端叔书》）

今之君子，乃欲概天下而唐之，又且以不唐病宋。夫既以不唐病宋矣，何不以不选病唐，不汉魏病选，不三百篇病汉，不结绳鸟迹病三百篇耶？果尔，反不如一张白纸。诗灯一派，扫土而尽矣！夫诗之气一代减一代，故古也厚，今也薄。诗之奇之妙之工之无所不极，一代盛一代，故古有不尽之情，今无不写之景。然则古何必高，今何必卑哉？

（袁宏道《与丘长孺尺牍》）

杭人游湖，巳出酉归，避月如仇。是夕好名，逐队争出，多犒门军酒钱。轿夫擎燎，列俟岸上。一入舟，速舟子急放断桥，赶入胜会，以故二鼓以前，人声鼓吹，如沸如撼，如魇如呓，如聋如哑，大船小船，一齐凑岸，一无所见，只见篙击篙，舟触舟，肩摩肩，面看面而已。少刻兴尽，官府席散，皂隶喝道去，轿夫叫，船上人怖以关门，灯笼火把如列星，一一簇拥而去。岸上人亦逐队赶门，渐稀渐薄，顷刻散尽矣！

（张岱《西湖七月半梦忆》）

散文而臻这个层次，其波折流动，真可以回肠荡气矣。洪钟锦瑟，箜篌琵琶，固然有引导诗思开启意象的时候，我们吐字的生理作用更属自然而然，故尔常言所谓我手写我口，初不应只写我口懒散糊涂的喃喃喋喋，应写我口精约提炼的刻意语言，否则废话连篇，言不及义，白则白矣，散则散矣，何文之有？我以为艺术到底不是现实的直接反映，青山绿水，是美好的自然物，但除非我以心智和想象加诸其形状之上，移诸笔墨之下，有效地熔裁剪接，便算不上是什么艺术品，只是美好的自然物而已。此叔本华之说甚辩而明，勿庸赘述。其实，也唯有在这种意识之下，人世的黑暗面可以净化，成为万钧雄伟的力量，从而移风易俗；生命的无奈可以提升，成为憾人灵魂的悲剧，以之洗涤蝇营狗苟的思想；也唯有如此，正视语言超越之转化力和说服力，文学里才有所谓恶之华。孔子曰："诗三百，一言以蔽之，思无邪"，此其谓乎！思也者，并不是我们今天所说的主题，因此孔子并不是说诗三百的主题完全正确；思也者指的是人生感情通过文学艺术表现手法以后的面貌。桑中之事并不见得可以提倡，但通过诗人真实不昧的语言，不淫不伤的声调，此事已净化为艺术，提升为艺术，终者一言一语亦可以移风易俗，可以洗尘涤污。易言之，桑中之事只是素材，而天下无不可入文学之素材，唯有素材经我点化之后，变成艺术品，这才是你思想批判的对象，这艺术品所包涵展现的即我们所关心的"完成的内容"（achieved content），一全新自足的宇宙。孔子所说的思，是这新宇宙的思，指的是诗三百"完成的内容"，一言以蔽之，是好的。

使用白话文写作散文，要催化素材，发现好的"完成的内容"，要把所谓引车卖浆者流的语言艺术化，提炼为可以怡愉心神教谕灵魂的文学，岂能不刻意经营，熔裁剪接？在这经营的过程中，引车卖浆者流的声音是我师，古人刻意的声音是我师，甚至西方文字中其尤为骇异的声音也是我师。承其三者，浑化之，搅拌之，过滤之，沉淀之，终于变成我生理的一部分，气之动物，物之感人，或抒情，或说理，发语遣辞运用自如，缓急合度，高下皆宜，这才是我们理想的散文。故前人所谓"我手写我口"，是不足为训的文体论，追究到底，还是韩愈"取于心而注于手"才算正轨。画人尚知胸有成竹的重要性，不尚"我手写我目"之说。文之为德也大矣，岂独不然？

这样说来，散文是有它无限的潜在。唯古之雄于斯艺者早殁矣，斯艺亦委于蔓草，腐坏渐尽泯灭矣。在这样一个讲究简单快速的时代，有几个人肯相信写散文是戞戞乎难事？

一九七五年二月八日　西雅图

名家散文典藏 杨牧 散文精选

目录

◆ 第一辑　阳光海岸 ◆

阳光海岸 / 003

雁字回时 / 006

But Love Me for Love's Sake / 010

德惠街日记 / 014

昨日以前的星光 / 017

残余的晚霞 / 021

自剖 / 025

调寄小连琐 / 030

我的航行 / 032

水井和马灯 / 034

在酒楼上 / 037

料罗湾的渔舟 / 040

又是风起的时候了 / 044

◆ 第二辑　给济慈的信 ◆

绿湖的风暴 ／ 051

自然的悸动 ／ 057

山中书 ／ 060

最后的狩猎 ／ 063

楝花落 ／ 067

夏天的琴声 ／ 069

寒雨 ／ 072

向虚无沉没 ／ 076

CAVEMEN ／ 080

红叶 ／ 083

第十二信——万点星光 ／ 088

教堂外的风景 ／ 092

炉边 ／ 096

作别 ／ 100

◆ 第三辑　陌生的平原 ◆

秋雨落在陌生的平原上 ／ 105

给东碇岛的伙伴们 ／ 109

枯萎了满墙藤蔓 ／ 113

车过密西西比河 ／ 116

田园风的乐章（寄给伯武） ／ 120

芝加哥鳞爪 ／ 124

这一城蒲公英 ／ 129

赫德逊河的浮光 ／ 131

有一个小农庄 ／ 134

从普灵斯顿校园出发 ／ 138

金山湾的夏天 ／ 141

山窗下 ／ 144

宿雨 ／ 147

在黑峡谷露宿 ／ 150

八月的浓霜 ／ 152

范布伦的古屋 ／ 156

那个潮湿而遥远的夜 / 160

逃出凤凰城 / 163

◆ 第四辑 七月志 ◆

七月志 / 171

两片琼瓦 / 175

从下大雨写起 / 178

纪念朱桥 / 182

柏克莱——怀念陈世骧先生 / 185

覃子豪纪念 / 198

第一辑　阳光海岸

阳光海岸

我悄悄地离开那海岸。那是一片美丽、光辉的海岸。我走的时候已是深夜，但我走得很慢。我记得一路上我都想着："我要重来的。"我惦记着你；不只是你，我惦记着你坐在领事馆短垣时背后慢慢涌起的夕照，我真希望那时就有一颗星。你发丝飘摇间是一片草原，但那不是牧羊的。"南方没有牧场！"我心里想，"但为什么一定要有牧场呢？"我真喜欢那儿，看到那一幢幢西欧式的红房子，我忽然想："荷兰人也是值得感谢的。"然后我上了车站，我回头没看到你，你大概在暗处，我真后悔没有好好找你。

那真是一片美丽的海岸，我们第二次去时，渡船已经收班了，泊在小码头里左右摆着。那时正在涨潮，你说，"潮退时，我们可以一直走到当中那个沙滩。"那时正在涨潮，我们坐在缆索上，有一条小划舟点着灯在河口荡着，假如我们向它招手，你说，它就会为我们引渡。但我不想渡，我喜欢此岸。为什么要渡呢？那山脚下一片朦胧，我宁喜欢此岸。

南方的海岸不是光辉的，南方的海岸多雨，我曾去落雨的海岸坐过，有时候一路上抬头还看得见昏朦的月亮。落雨的时候，码头上的人都穿着雨衣，水手都到冰店里喝啤酒。那时也许有船要出港，但岸上太潮了，不会有人来送行的。更可能的是水手们根本没有亲人，没有人来送行。他们大概都躲在舱下，吸外国烟，玩桥牌，那是一种很凄凉的事。我这样想着。雨很大，月亮不见了。潮已经涨够了，海水淹去了港边的石阶，就在我脚下，我想：为什么没有人来送行呢？他们水手都没有亲人吗？他们是流浪人吗？或者因为他们漂泊惯了，别离惯了，亲人已经不关心他们了。我真怕港边的雨，我站在港务大楼下，把手插在雨衣里，我还要走一段夜路，路上很黑，但我要回去。

假如我也有一片海岸光辉如你的就好了。我又想，那是阳光海岸，在一片山麓下，那是不寂寞的海岸，那儿的路灯小而美，散步的人都吸着烟，有时牵着洋狗，"我们看晚霞去！"在你的小镇里，人们没有忧愁，人们散步不为解闷，而是为了看晚霞。那是阳光海岸，那儿不常下雨。好了，有时下雨吧！但那是渡船收班以后的事，人们躲在家里，每个人都有一个客厅，有沙发椅，有花瓶的客厅。他们就坐在雨廊下，他们喝茶，而且也吸烟，听柴可夫斯基的音乐；有时他们很累，那时雨就小了，他们惺忪地站起来，正好看到一个人打伞走过红墙外，那人也吸着烟，烟头像夏天的星光，在树叶间一明一灭。

因为这是阳光海岸，沙滩是白色的，如带的。人们去沙滩也是为了散步，而且也都吸着烟，有时且牵着洋狗。那儿的贝壳不如我们南方多——你不承认吗？——因为那儿是阳光海岸。那一次我来到你这小镇，我来时，阳光正在路当中，照在我脸上。整个小镇像一个铜火盆，像冬天的末尾。我轻轻地走在石板路上，地上没有几片落叶，只有红红的凤凰花。我看到你笑着来，你当戴着草帽，因为这是阳光海岸，这不是南方。若在南方，你当打着伞，或者穿着雨衣，那时你不会笑，你只会远远地站在榆树下，幽怨地看着我，也许你是说，"抱歉，这儿是南方，南方多雨。"但我还是喜欢这些阳光，他们照在石板路上，像花朵，红红的，亮亮的，照在你笑着站着的石板路上。

后来我就想到荔枝了，我问你们有没有一片甜甜的荔枝园，像我们多雨的南方似的，红墙绕着的荔枝园（当然也有几个小缺口，好让儿童们爬进去摘取），你说没有，因为你住的小镇正在阳光海岸的当中。所以我说，"让我们去海岸上吧！"唉！我真喜欢那海岸，我们在领事馆上可以清清楚楚地看到整片海，也可以看到草原，看到草原上那一列西洋风景画似的树。草原外是高尔夫球场，假如是牧场就好了。那时开始，不只我们多雨的南方没有牧场，你们阳光海岸也没有牧场。但没有牧场也罢，为什么我不喜欢高尔夫球场呢？我就坐下来想，假如这里下雨，海滩上的阳伞都收起来了，散步的人一个一个把烟蒂扔掉，躲在渡船里，或在走廊下等别人带伞去接，你会怎么样呢？你大概就回家去，回家去读萧伯纳。为什么不读易卜生呢？我喜欢易卜生。

"但你一定是一个南方人！"我对自己说，南方人喜欢易卜生。或者你更应该喜欢海明威，你应该冒雨跑回家，自书架上抽一本书出来看，也许正好抽中了 *The Sun Also Rises*，你就会迷迷糊糊去到了西班牙，西班牙是多阳光的国度，这个令人发狂的国度。但我还是喜欢易卜生，你不相信就算了。从前我喜欢过契诃夫，但我没读过《樱桃园》，也许我会读它，看它像不像南方多雨的荔枝园。

然后我就要离开这片阳光海岸了。临走我不断回头，因为我不愿离开你，我喜欢这片海岸，我更喜欢看你坐在领事馆的短垣上，我喜欢看星星从你的发丝间升起，我喜欢看你坐在码头上。我说我要回去了，这海岸到底不属于我。你说，但我属于你，我说我要回去写诗了，我是属于写诗的人，我要写一首七节的抒情诗。临走时我们在路上话别，这一次离开你，便不再离开你了。

雁字回时

我始终不承认自己是一个感情脆弱的人，有时临风而立，我就觉得落拓了，万物都如云烟，把握不住，也更不必为它们伤神。说我是一个"感性的人"的朋友很多，我一一否认了，我以为太 sentimental 是很可耻的。儿年来，我已经放弃了许多东西，欲望、欢乐、泪，甚至于你。

人们总要找一件或者更多富有"诗意"的东西来象征他们之间的默契，我们也是。你当不会忘了，雨啦，茉莉花啦！多么亲切的东西呢，如今他们都离我远远的了，我们学校是不常下雨的，我从入学以来，只淋过一次雨，茉莉花更不用说了。

我还记得那次下雨的事，好像也一个月了，上午第四堂课时，天就撒下一滴滴的雨，等下了课，一走出课室，雨更大了，你知道我当时有什么感觉吗？我激动得很，好像遇到了故人，好像看到了你的笑靥，你的眼睛，你的头发。那场雨下了一整天，晚上躺在床上，听雨声，你说这又是什么情景呢？我不禁又想起我那本"听雨厢日记"了，一年前它在我家芭蕉园下化成了灰，我还说那些飘起的纸花是蝴蝶呢，现在这些蝴蝶们飞到哪儿去了呢？我们对雨太熟悉了，相识、别离都在雨中，"小风疏雨潇潇地，又催下千行泪"，我还记得那一晚美仑道上的海涛拍岸声，细雨霏霏，当我第二次对你说："为什么不走呢？"的时候，我已经可以想到今天的情形了，但我不愿因一己的痛苦，就影响你的决断，因为我说过我是一个经得起打击的人，你却不是。

你也知道，杜威说过一句话："人与下等动物不同，因为人保存他的过去经验，人的世界是一个充满符号与象征的世界。"我猛然醒悟，觉得我已是一个失去一切的人了，虽然那么多的"符号"和"象征"，但它们是多么虚无，多么不可捉摸。享受寂寞吗？这是多么美丽的话，但每当大风吹来，我捕捉得到的却不是笑声，而是一片又一片难遣的记忆。为什么要回忆呢？你不必嘲笑我，好像我自己就曾经说："作为一个现代人，应该等待或者去追求另一个异时异地的高潮！"那时我是多么高傲，多么"不识愁滋味"，等到有一天，在满目疮痍的房间里自梦中醒来，我才发现自己的错误，"沙滩太长，本不该走出足印的"，这是愁予的句子，他说对了！

你当还记得四年以前我为你写"寒灯辑"的日子，那日子是多么美，多么惹人回味啊。一个人一生应有一样忘怀不了的事。早晨起来，山雾好重，在白茫茫的一片中，我仿佛又回到了那悠悠的溪谷了，那一年，我们舍舟走上沙地，在重叠的岩影下，数着海上的星，现在，那些星依然升起，依然落下，当它们依稀在我的窗外闪耀时，故人，你是否也想起了我呢？

朋友都很不谅解我，以为我的感情太轻浮了，对你，对 H，对 L 都一样，去年冬天，我闷闷不乐地过了一年，我以为我是完了，寂寞，寂寞，寂寞对着张张陌生的脸，我能说什么呢？我真不敢描摹我当时的心情，它们都是那么不自然，那么可怕。有一个雨夜，我骑车去李的房子，他刚好还有半瓶糯米酒，我们就坐在床上喝起来，伴着滴滴答答的雨声，我心中十分激动，就把我们的事说给他听，他皱皱眉，怪我不好，当时我很难过，因为我觉得没有人了解我，人人都在和我作对，但现在想起来，这也不能怪他，他一向袒护你，因为你实在是一个好人，你没有缺陷，你是太完美了。在你的面前，我觉得我是十分渺小的。

记得你第一次把《偶然》寄给我的事吗？那是四年前的事了，日子过得真快，那一阵子我常常哼这个曲，没想到几年后的今天，当我偶尔听到这个曲子时，竟会怆然而下泪。世事变化太大了，如果我们想得更远的话，数十年后，当我们都衰老的时候，白发苍苍，坐在落雨的窗前，我们会不会记得年轻时的诺言呢？——我们将把彼此的白发航寄吧？故人。

那一次，我对你说，当我老时，我依然会是一个忍受得起寂寞的人，我只希望有一间小屋，在山坳中的小屋，有一只猫，冬天到了，有一个火炉，让我可以坐在火边烤红薯，听风声，我就心满意足了。当时你十分难过，因为你以为那不是当时的我所应该说的话。可是几年后的今天，我在朦胧间，愈发感到这个情景的可能性，拜伦说："昨日之我，已非今日之我"，我改变得太多了，你也许会以为我已经堕落了，我也不愿否认，到学校以来三个月了，我只写了两首诗，我说过诗才是我的生命，但我竟冷淡了诗（或者说诗冷淡了我）。

谈起诗，我又想起来了，我发现我的脾气又变坏了，有一个时期，我发誓不和那批人（卡明斯说的 most people）谈诗，现在我却回复了从前那种坏脾气，经常为了诗和人家争得脸红脖子粗的。诗对我太重要了，因为它使我发现了另外一个完美的世界，不知道什么时候我方可真正地遁入其中，把世界上的恩怨忧乐完全忘却。你知道我并不是一个落落寡合的人，但在这里，三个月了，我始终找不到一个真正谈得拢的知己，谈起知己，也许你又要笑了，但不瞒你说，现在我已经把"知己"降到一个最低的标准了，只要有一个人，他也以为读书之乐即在"不求甚解"中，我就把他引为知己了，哪敢奢谈"高山流水"呢？可是到目前为止，我还没找到。

　　还有，这个季节好像是菊花的季节，你知道我家菊花开了吗？啊，你当然不会知道，其实，我真想家。

But
Love
Me
for
Love's
Sake

But Love me for love's sake, that evermore
Thou may'st love on, through love's eternity

——Elizabeth Barrett Browning

难得下一场小雨，"明朝深巷卖花声"。我真不敢想象，明天还是一样，一个晴阳天，白日树影印在窗上，到了晚上，一切撤去，什么都不留下。

我曾为你设想过，是否也和我一样，现在正睁着一双大眼睛，躺在床上，子夜早过，我们将一样，并不为失眠苦——听听雨声吧！滴滴答答的声音也许可以把我们带回那个辽复的国度里。那不是梦幻，巷口的小立，路灯瘦瘦的影，假如你和我一样，记住这些，你将非常珍惜这不眠的一夜的。

人家说我想得太多了，心绪没有条理。（表现在外的就是紧绷的面容，低头走路的样子。）我并不是那种人，年轻时，在海里泡过，山上爬过，至少心地里还镌刻着那些波浪，那些 heathen 的影子。现在长大了，喜欢思虑，而且常常像脱了缰的野牛，在沉静里放纵自己。我们这一群"理性的动物"也常有不理性的时候，常常受潜意识的支配，喜欢一个人的时候，舍了生命都忘不了。

山上的露水很重，也许明天，一夜雨水初了，"树杪百重泉"不谈，那矮垣下，沾鞋的水珠将又无缘无故地划过我的足印。就为了划一道足印吗？我愿有一天能够如此，连为什么早起，为什么去阴凉的轻风里独坐都忘了。

五十天，五十个朝阳和暮色。季候自小寒转为酷冷。我们忘不了的是那小小的教堂。歌声、经文——自窗口流泻出来，就是这一天，我记住一个名字，为你，把沉重的忧虑带回山上。这世界本由一偶然构成，山岳河川，一一都是偶然的组合。我们的生命也没人能稍加安排，一连串的偶然——而且未来的也将如此——使我们如此，互相思念，在漠漠的雾色中张望彼此。

张望吗？是的，山下葱绿之间便是你的家，我自校园的草地上便可以远远地看到它。或许就是那一栋绿树间的，那草坪上的。无论如何，二十里外，你当坐着，读书，写信，或正一遍又一遍地读着我昨日写的信。为什么天籁一隔，我们就不能对着交谈，为什么我们必须如此远远地思念。

在湖水上，我们谈不同的身世，这是什么日子？雨歇了，路上走着寂寥的游客，我笑说"我小小的葡萄牙人"。

> 你额上残留着塞外的风沙
> 三万里向东，我们在此相会
> 今夕何夕，让我为你拭去额上的雪
> 背着风，椰林在滑滑的阶下
> 背着雨，我们的笑声在环湖的小路上

幸福并不是不可能的，我们要它，它就来了。单独也不是不可能的，即使一刻的对面相聚，我们也就满足了。我们像是遥遥对着的两颗星，人间仰望星空者虽多，我们必也可以赖季节的移换聚在一起。有一天我们将望同一台的弥撒；有一天我们将占有一整条走不尽的长街。只要我们惦念彼此，更深之后，为彼此祈祷。

不要恐惧，我们都是存在，我们有自己的位置，自己的轨道，当我们同行，没有任何风雪，任何河川可以阻挡。"即使当我走进死亡幽谷时"，我仍将频频回头，我要让你看到我的背影，要让你数清我的脚印。

> 不要恐惧，在风雨中
> 我是大树，将覆你以千年的枝丫
>
> 心没有城墙，我将疾步赶赴
> 我将涉水，素舟会你
> 门环锈了，园庭沉寂了
> 我仍将匍匐到临，朝你红烛照开的窗

我们来自不同的方向，一东一西，一南一北，但当我们并坐在一级石阶上时，我们将忘了塞外的飞沙，将忘了南国的暴雨。念此时，灯深雨细，你或已入眠，日记写过了吗？梦中将有一个清朗的园囿，那是属于你的，那是属于我的。我们共有它，那正是我们的世界。

你说你不喜欢下雨，也罢。但我记忆里却充满了雨丝——我的记忆由雨丝交织而成。孩提的梦，到今日已是面目全非，但多年战火，我最记得是那山下的雨。那一年，为了柴薪，我们全村背着日本警官的监视在山上伐木，我还记得当那大楠木倒下时的巨大声响，一个警员自路上过来，穿着雨衣，在雾濛濛中瞪着我，别人都走了，他问我是谁砍的树，我说："全村的人都需要木材。"他仰起头，迷惘地对我一笑，抚抚我的头，落寞地走了——就这一刻，我领略到了陌生者的爱。我们这悲惨的国家，每一个人都需要爱，"没有爱，将何以过冬？"就说我们吧，风雨未歇，我们隔着一道洛夫所说的"红墙"立着，四周又是痖弦所说的"眼睛筑成的墙"，我们必须互相惦记，那我们的枝丫仍然可以越过高高的墙头，交错在一起。

你一定睡了，明早你醒来，必将是一个好天，阳光将在你窗外闪烁，鸣禽将在你窗外啁啾。这些都将是我捎去的话，这些都将使你快乐，快乐地过你的一天。"Yesterday is gone；you have today；tomorrow may never come"。

德惠街日记

凄凉？凄凉是一种美丽的哀愁。说真的，几年来我尽在避免动用"愁"这个字，而事实上"愁"也是不可能的。四十岁以下的人只有片刻的难过，愁是老暮者的装饰品，像他们额上的皱纹般的，不属于我们。但人总有感到凄凉的时候，心园空虚了，大寂寞袭来，一连串"片刻的难过"便足以构成一腔凄凉。

今晚我便感到凄凉，这像一幕传统的戏，有头中尾的逻辑关系。天寒，我的床靠近窗口，窗帘没有拉好，我可以看到窗外细雨濛濛，楼下两只小洋狗吵了一夜，姨妈还没有回来。我想起那条一度徘徊的巷子，此度再次前往，除了觉得自己荒唐可笑外，什么感觉都没有了。这事又像一幕闹剧，幕落之后，有人受伤，有人愉快地迈过排椅离去。但呻吟是不必要的，思量再三，受伤的人拍拍满身灰尘，把记忆用来敷创，也能赶最后一班车回去。——世事本就如此，阳光之下，没有新奇可言。

我沉醉太久，但酒意已消，现在连蹒跚也不再了。你晓得这便是尾声——

为何我们同在一棵菩提树下

今日，攀墙花在我衣上
你不必诧异，今日
满廊的石柱在我手掌

而一切静止
For I was such a fool
为何暮色红红的余晖
如此照着你？
我已不是那爱写长信的少年了
昨日我路遇沙地
那红墙与钟楼间
你正落寞地走着
为何我们在这蒺藜地上相遇
我已不是那爱画女孩侧影的少年了
明日，明日我将去苔草上独坐

而一切静止
你像一扇钉着狮头铜环的红门
坚持你辉煌的沉寂

一个朋友说："浮尔第死时，阳光斜斜地照在他安详的脸上。"这是此诗的注脚，我并不满于自己的所有，但我觉得我也没有奢求的必要，（事实上更不知自己所求为何。）但荣耀属你，你是一生中第一个击溃我的人。我没有恨，只觉得，唉，只觉得荒唐可笑。这人间不正是一片蒺藜地吗？到处都是潢水，到处都是深渊，人人都有绊倒的可能，我们都是需要扶持的人，"独木桥的初遇已成往事"，咳咳，真已成往事哪！

　　如今检视自己的心情，除了一些残篇断简以外，没有什么值我终生记取的了，一切都像海滩上偶尔的足印。有时我也感到后悔，常在晚霞之前，把自己埋在红光中，笨拙地责备自己——一切错误，又像风吹柳絮，飘飘荡荡，化为乌有。我心上曾私自布满过锦绣，但花是要谢的，燕是要归的，春残，梦断，午夜梦回，让我来为自己安排未来。

　　但什么是我的未来呢？我是只了解现在的人，也只能享受现在，好的，坏的，我都要，笑是美，泪也是美。秋天到时，我会为自己再买一顶绒帽，我还是喜欢风，我会去野外漫步。球场上的记忆最美，年年草长，黄叶扑地，我走过时，脚下发生沙沙的声响，这是美丽的过去，我怀念的过去。而那时我将年老（我们都将年老），也许快乐一如孩提，坐在炉边，自个儿读一篇 Yeats 的诗，抽辛辣的烟斗，把记忆投到炉中做明日的炭薪，这些都将可以温暖我。

　　不只温暖我，我希望你也快乐，不要让笑容常掩藏在矜持之内，美丽属上帝，美丽应属全人类，让每一棵树，每一朵花都因你而向荣吧！逝者如斯，你当记取潺潺的悲哀。不要和蝴蝶争妍，蝴蝶是假的，你裙上的印花学她们，她们学什么？她们学流浪的浮云，而云是易散的。你当如大海，如那浩浩瀚瀚的大海……

昨日以前的星光

一

"也许有一天我会写的，只要那一夜，假如我突然梦回，我便会拥被坐起……"

我便会推开窗，窗外是渐渐高大的尤加利，也许落雨，雨水答答滴在树叶上，像琴声，就像琴声吧！自从琴声第一次进入我的诗中，我的生命已经起了很大的变化了。我像突然拨开一片低垂的花树，展现眼前的是无尽的草原，又是小桥，又是流水，桥边一幢小屋，炊烟正袅袅升着，和平、安详、恬静……我想我已回到我的家。也许真是，我已流浪太久，思绪像脚步一样零乱，到处划着曲折的痕迹，浪子回家，柴门外驻足倾听窗子流泻出来的琴声，他忘记了一切风险。

假如没有雨，或者大雨初了，叶子上还残留着点滴星光，窗帘轻轻招摇，我也将起身，那不是凭栏的时光，我将穿鞋出去，深夜山林，到处都是乍醒的精灵，我走过他们身边，把影子留给他们。也许就在你窗外，我会看见你，你正伏在桌上，心中唱着神秘的 Summer Time，你发际低飞着夏夜的萤火。

二

　　我疑惑地抬起头，右边的窗外，满天酱红色的谲幻。暴风雨前的辉煌在西方沉重地附着，云不飞，树不摇。你也看过古典画家们的画吗？这便是了，浓厚、沉郁，却给人一种风雨前的安定感。最外层是一列高低迤逦黑色的树影，你必爱这列树影，他们又像墙，隔着此岸与彼岸；他们又像女性的爱，挡开了已知和未知，我们生活在爱的这一面，却奇怪地生活在全然的未知里。在海边，就像你住的那小镇（也像我住的那小城），我们随时可以看到波澜，我们却不能看到这些山岭的奇迹。

　　树影过来，突然是几棵苦苓，凤凰木，轻掩着夕照下苍迈古老的理学院大门，阶上犹留着雨水，闪着红红的光彩，我不期然想起写《星河渡》那天，那是一个闷热的中午，我写：

　　　　主啊，对你千年犹如昨日
　　　　但一片钟声
　　　　招我，招我，招我

　　那时我的眼睛瞪着窗格子外的石阶。现在理学院像一座古庙，檐角沉重而又慵懒地伸出来，正好占领了西天最红的一角，突然两只麻雀自对面飞来，在檐边上下掠过一阵，吱吱喳喳翻过墙里去了。

　　是的，你只注意到右边转暗的天色，但我看到左边窗子对面教室廊下落寞地坐着一个少年。他把两脚屈起，双手托着腮，正仰首看着那片天色发呆，他是就要毕业离校的 K。他在那里坐着，和我们看着同一片暮色，暴风雨前的华丽，但我们与他所想的却完全两样。

三

"我在看那颗星，一眨一眨的，好美哦！"

我孩提的时光便是在数星光中溜过去的。母亲说我常半夜喊醒她，吵着要去门槛上坐着数星星，看月亮。"月光光，秀才郎，骑白马……"她说那时我又小又专横，只管一个人坐在高过膝盖的槛上仰首看天，小手比画，常常使她又困又累，有时还得叫醒父亲换班照护我。他们说我数着数着，慢慢自己也困了，就又依在他们膝头上睡着了。

自从长大以后，世界越变越离奇，我慢慢发觉，星光太远了，我眼前展现的正有一个更加确实，更可以亲近的世界。那个数星光的小孩也随着时间的长流悄悄没去了。但这世界给我的又是什么呢？童年的温馨突然变成了一种负荷，我常把眼前的万事万物拿来和孩提甜甜的记忆相比，满脑子搜索着那红漆的门槛，子夜坠落的梧桐叶，巷子里闪闪发光的卵石……——终于有一天我发现，过去的真已经过去了，他们不再出现了，同时我被击倒，从那时起我开始怀疑这世界的真实性，开始怀疑造物者被恭维，被歌颂的 Omnipresence，Omnipotence 和 Omniscience。

从那时候起，我开始把自己视为宇宙的中心，我信仰自己，极端地崇拜自己，我常骄傲地对旁人说，"我的心中自有一个上帝，他才是无所不在，无所不能，无所不晓的主宰。"我甚至觉得别人都是蝼蚁小虫罢了，只有我是一个醒者。我曾经半年内尽量避免和别人说话，甚至对家人也如此，我把自己关在房间里，幼稚地沉思，荒唐地痛苦着，用不成熟的忧郁咬啮自己稚嫩的灵魂。

这个荒唐的半年，是我生命的转折点，我失去了强壮的身体，却获得了无比的力量，我读遍搜罗得到的书籍，而且在文学浩瀚的大海上找到了我的国土，我真以万千惊喜把生命投向了诗！然后我开门出来，晨光是另外一种意义的晨光，星夜是另外一种意义的星夜，我自另一个立足点在宇宙万物间把握到了生命的价值。我不再消沉，也不再沉湎过去，我把孩提甜而凄清的记忆用几句话埋葬过去——

> 说我流浪的往事，唉！
> 我从雾中归来……
> 没有晚云悻悻然的离去，没有叮咛；
> 说星星涌现的日子，
> 雾更深，更重。
> 记取喷泉刹那的散落，而且泛起笑意，
> 不会有萎谢的恋情，不会有愁。
> 说我残缺的星移，哎！
> 我从雾中归来……

残余的晚霞

　　我听见那个消息以后，像疯狂似的往水塔的方向跑去，一路上都是白色像棉絮的野花，又像田野里的芦苇花，又像蔗花——我也没有心情细看，我只觉得我必须找一个最安静的地方，坐下来细想。细想那盆地里的城市，那城市的一条长长的巷子，姨妈和表姐她们的九条通。他们——那些打完纸牌后的男学生们和吮吸麦秆下的橘子汁的女学生们——常常提到水塔，水塔在文学院后面，在相思树林里。只要沿着那条人和兽的足迹扩大成的小径走进去，"一定可以走到！"那个梳辫子的女学生眨着大眼睛说。我第一次听见他们提到水塔的时候，我想，如果我去，一定要挑个晚霞最好的傍晚一路散步过去，要注意天上云彩的变幻，也要听秋虫的音乐，而且要思考些问题——比方说卡莱尔 Sartor Resartus 的问题——可是没想到那天午后我跑出去的时候，什么也没有，没有晚霞，没有秋虫，也没有卡莱尔。

　　我只看到沿途都是相思树干，细细的，很青嫩很柔滑的样子，如果拿来做陀螺一定会击胜很多野孩子的柳木，那时我们相信最不会被撞裂的是蕃石榴木做的陀螺；而且我看到许多白色的像棉絮一般的花，也许那不是花，是叶子的一部分，但我宁可说它是花，叶子是绿色的，我相信。那时我并不曾思考得这么多，我气喘得像水牛一样，阳光照在我的卡其裤上，我的条子香港衫被一根木叉撕裂了，从肩头一直裂到手臂上，风一直往腋下灌进去，我觉得好凉快。

等到我跑到水塔的时候，我已经很疲倦了，而且很失望，因为它并不如我想象的那么好。后来有人说天下绝对没有人在太阳光下奔跑到水塔去的。那时我因为对水塔的风景太失望了，几乎忘了我远远跑到相思林里去的原因。我本来是要找一个地方坐下来细想的。细想什么？我拍拍自己的脑袋，哦，我要想想九条通的时代。

水塔附近有许多相思树，才种了七年，所以并不粗大，夏菁有一年冬天遇见我的时候说："大度山上的树全是我种的！"我一直相信他。我选择一棵可以倚靠的树根坐下来。我从树下看天，细细的叶子，眯起眼睛来，就似乎看到了雾，可是太阳很大，我只好把眼光移到水塔去。有一个铁梯通塔顶，一定有许多人爬过那个铁梯，可是我从来没想到要独自一个人爬上去，我宁可睡到落叶的地上，闭起眼睛来，我觉得太阳正从相思树叶间洒到我的脸上来，红红的、黄黄的，晕眩的感觉。后来我看到野牛、仙人掌、帐幕，和蓬车，然后我就睡着了；我望见九条通在下雨，雨水从墙上淌落下来，顺着砖块和砖块间的隙缝往水沟里流——所有的窗子都闭着，所有的窗帘都放下来了——许多不同颜色的窗帘，有的是红的，有的是绿的，黄的，深蓝的，浅蓝的，也有白纱的，上面都印了不同的花样，但我不记得有些什么花样了……

我醒来的时候大约是六点钟，雀鸟匆匆忙忙地飞向甘蔗田和树薯田的方向去。

那时我已经不想什么了，我拍拍身上的落叶和尘土，睡意惺忪地往马路的方向走去。突然我眼前吊着一只金黄色的死猫，我全身的寒毛都竖起来了，我赶快换另一条小路走。后来我看到马上就要沉下去的晚霞，我忘了那只死猫，站在一棵树下，呆呆地看那片残余的晚霞。

我记得我也曾在川端桥下看残余的晚霞，坐在帆布椅上，那帆布上的斑马纹路，使你有奔驰的幻觉，永远不能相信自己就在河边休息。

一盏灯，两盏灯，三盏灯，四盏灯……我在心里数着。车子在桥上穿梭飞跑，有人在桥下划船，大声地笑，一定要让我听见才高兴的样子，我认为他们和我同样愚蠢。我看那一小块残余的晚霞散尽了，才回到九条通去看书，那段路够远了。有时我和黄用一同去，他就可以从袋子里拿出一支笔来，把一首昨天晚上写的诗默写到记事本上，问我写得好不好——譬如说他的"偶然的静立"。我总是读了好几遍以后才舒一口气说："比从前写得好些，但我宁可读你的南方的海湄——你那首有凤梨和海豹和企鹅的诗……"

"不过你的节奏愈来愈好了，"有时我们会用这种不着边际的话安慰彼此，他尤其喜欢用这句话安慰我，"你的节奏是一流的。当然，你的节奏还是很好的。"

我问他："你觉得洛夫怎么样？他的诗太硬了吧？"他用最清晰的话把洛夫的诗批评一顿后，可能这样说："灵河里的诗都是不错的，尤其是红墙、果树园那几首——他当然是很硬的，他的诗里充满骨头，他不是红了樱桃绿了芭蕉的人。"那时我们三个常在一起——我是说星期天黄用望弥撒回来以后——但平常洛夫并不出来，他住在绿荫大道的另外一头，我不知道怎么去。他吸烟吸得很厉害，他很会讲故事。痖弦后来说：苦雨斋听完洛夫的故事，我还想去拉他再讲一遍。他没去过川端桥，而且对九条通的认识不够。我们去川端桥的时候他总不在场，否则他一定说我喜欢看残余的晚霞是件很幼稚的事，他喜欢看烟囱。

我在水塔附近徘徊了很久，直到晚霞不见了，星星出来了，而且我觉得很饥饿。我走回宿舍的时候，才想到我还有一份报告没有写，

我的报告是："《爱丁堡评论》对济慈《恩迪密昂》① 的攻击"，我想
我该写四十页，可是教授只准我写十五到十八页，我很沮丧。

①　Endymion，大陆常译作"恩底弥翁"。

你可曾子夜梦回，望着黑暗的四周，久久不能再眠？你可曾厌恶过柔软迷人的春阳？我在心中有一种完整的憧憬，那是对一个欢乐、无忧的乐土的憧憬。那种聆听晚钟似的心情：肃穆，凄冷，我就这样冥想着，如何企及那片梦幻中的乐土？

这一生从没想到自己也必须投身于这种世俗的洪流，也在人间的恩恩怨怨中失去了安宁。我最恨浮躁，但我已经不知道如何使自己安心下来了。最爱在夏天的午后去小山上徜徉。小时爱坐在树上，那时看得远，更望不尽的是远村的云雾和烟竹。有时坐在几棵古松下，心理欠缺成型的观念，就只知道鸟的啁啾，树叶的拍击。你可会在夏天的早晨，当太阳还没有升起的时候，赤脚走过寂静的吊桥？你可会默数着一段长长的阶梯走入林中？那种孩提的愉悦，不知道老时会不会忘记。你可曾，啊，你可曾在清晨时分，坐在沁人的石椅上，感知那种迷人的冷冽？那时你还有点困意，坐在雾水未干的石椅上，你可知道那种教人落泪的快乐？——在那些日子里，你就是你，你只知道那些你亲眼看见的，你知道海是湛蓝的，山是崇高的，冬来时，积着白雪；你只知道当你醒时，一个美好的日子在等着你，因为你的心灵纯洁，不知道什么叫知识，不知道什么叫尘俗。

　　但我已经失落得太多了，在知识的海中打捞着，忽视夕阳的豪华，忽视心灵的完美……我已经失落得太多了；如今我也投入世俗的忙碌中，忘却那种宁谧和愉悦，只在心中盘算着：如何把自己磨得更像个大人，如何让自己忘怀过去，如何把自己变为苍老。

　　有一种人你是改变不了的，他的性格是深邃无底的，他了解自己，他爱自己——他爱自己的愚骏和荒唐。我学不来如何恨人家，但在这可笑的世上，却已经招惹了不少人的怨恨。你了解怨恨？什么叫怨恨——你必不了解，我也不。但你说，我们不必理睬人家了，我们一起去散步，把他们原谅了吧！我却无法忍受一边读书一边遭人白眼——你读过圣经吗？圣人教我们什么？唉！让我们把知识一起抛弃，当天气好的时候，一起去树林里坐一个下午，让我们去听水声，让我们去感觉春草的芳香，让我们看云去。

　　是的，越是愚骏的人越能获得自己的欢畅。即使只面对一个乱石的河谷，我也能在这种紊乱荒谬的风景中得到乐园似的忘我。可是，如何通过这世界的风沙？当我们在路上走时，沙土乍起，吹迷了我们的眼睛，逃吧，让我们逃开这个世界。我们也能清醒地看这个世界。发光的石板路，发光的相思树，发光的脚步声……我曾在教堂里长坐过，只为排遣寂寞——也许有个不可即的圣灵来依靠，我们会自在得多，快乐得多。

　　记得在一个三月的午后，细雨霏微的午后；记得一条小路，一条落满拣花的小路……风拍打着你我的衣裳，风拍打着这个世界。记得吗？记得那种解脱似的笑谈，记得那一阵阵铃声——这个世界一直在变，旧的去了，一些甜美的记忆也跟着去了。新的不来，一切新的陌生的忧愁却挡住你，在你的眼前障着你唯一的路。陌生的山，陌生的海，陌生的路；啊！忧愁，我已经尝到你秋来落下的第一颗苦果！啊！忧愁，我已经瘫倒，你埋葬了我吧！

如果你是随情爱而来的忧愁，请你来，为我在后山寻块有小树和流水的草坡，把我埋在雨水淋淋的夏季。我在土里可以参悟点寂静的乐趣来，我可以回忆一点人世的美好和安宁。在土里，啊，忧愁，你是知道的，我没有风，没有雨，我没有沁凉的石椅，没有凄切的树声，没有吊桥，没有松涛，但我也没有怨恨啊！我会快乐得多。让我去，你带着我，像领着一个瞽者，踏着坚实的大地，把自己引向没有仇意的荒草和野土中去。

　　我岂是这样一个爱嗟叹的人？我有足够的活力，我宁可在白眼中求生，也不愿在笑容下死去。我们知道，活下去，不怕什么打击；他捣你一拳，你回他一拳，星在天边作证，你活着，只为了把握一点真理，只为了体识一点奥秘——你活着，因为你必须活下去。

　　让我套用一句前人说的话，"爱和平是我的天性。在怨毒、猜忌、残杀的空气中，我的神经每感受一种不可名状的痛苦。"这世界真是随时提供着怨毒、猜忌和残杀。虽然我的处境并未像他那么矛盾，但我面临的却是一种随思考以俱来的迫害。心中的郁结往往就是外界加诸的，我也曾经告诉过自己，不要气馁，告诉自己，应该把精神提起来，反抗那种邪恶的势力——但这些又有什么意义？和平多么好啊！我多么恋爱那冲天飞起的白鸽，那是一种至美的象征，我曾在梦中见过的，那是和平的、圣洁的净化，在蓝天下，那是幻中的神奇。

　　我也告诉自己，忘记那些，忘记那些。我们活在一个诗的世界，世界苍老而博爱，洪荒以降，真理就像是阳光下的山丘和河湾，在者恒在，逝者不回——我们何必想得那么多？我又有什么怨恨？笑着告诉他们，唉！先生，你太过分了——这样就够了，我又何必和他们争执？

　　我们并不为争执而来的，也不必自觉挫折，谁能主宰你？一切都集在你身上，日月星光如此不息地照耀，你活着，该是为自己活着

——并且向自己保证，唉！我并没有戕害了我孩提时纯真的幻想，我仍有个国度，完美无比，而且我仍有个信心，就如同密尔顿①（Milton）说的：By Labour and intense studying（which I take to be my portion in this life）joined with the strong propensity of nature, I might perhaps leave something so written to aftertime, as they would not willingly let it die. 多少期待，多少希冀，还不是为了使善良显露，使邪恶退隐，我们做的又是什么蠢事？我们果真那么低能？你说，我们要像风车一样磨下去，像大海永无休止地淘下去，来啊，伟大的生命！

即使一切成空，我也不怨你，告诉自己，我自有一个美满丰盛的乐土。我活在这里，但在这里，我只是走路而已，我的心智并不全在这里，我向往的却是一个辽远的国度，那是无人知晓，无人了解的国度。有一天我走过海边，你问我，捉住我的衣袖，满脸疑惑地问我，你要去哪里？我指向云雾深处，我要去一个辽远辽远的地方，我要去我梦中的香草山……

香草山，香草山，那才是我的世界，那才是你也该去的世界，虽然你不知道，但我会领你去，因为你是我的朋友，你会拉住我的衣袖问：你要去哪里——我就会告诉你，香草山，那云雾深处，那么至美和平安乐的国度。我们不只是幻想。我们将会动身前去，那个美丽无人的国度，看草原上的小花，看草原上的羊群和麋鹿。虽然那已不再是儿时的天地，但我总算抓住了一点幸福的凭借，因为我在那儿，完全快乐，保护着自己的心灵，会好好地活下去。

世界上每个人都该有个完美的香草山，让他们在那山里没有忧虑地徜徉，让他们离开猜忌和怨毒的俗尘，让他们带着笑容入眠。你来，随我来，只要你爱，你随我来，我领着你去，就是死后，我仍然守着我的诺言，我会带你去看那个美丽和平的香草山。你可曾子夜梦回，

① 大陆常译作"弥尔顿"。

久久不能再睡？如果你爱，你就在心中想着——有一座山，欢乐无比，它就是你的憧憬，你的希望，如你不弃它，它也决不弃你。

我就有这么一种信心，进一步，退一步，自有我独立生存的凭借，果真谁把箭头对着我，来吧，我们怕什么？就为了保护一颗心的完整，即使我的皮破了，血流了，我又何曾在乎？迎上前去，真的，我们在阳光下高声谈论，没有隐私，没有阴谋，谁能奈何你？说啊！谁能奈何你！

调寄小连琐

若有人在墙外吟诗。其声凄楚，我仿佛也将听到，元夜凄风却倒吹，流萤惹草复沾帏。连琐，在深夜。夏天正催赶着时流如漫漫江水。蝉憩于深夜，夏虫也为我沉默，那无人的女墙。而我燃灯，看窗外水溶溶的黑暗，在那不可辨识的神秘里，连琐，或将捏得出一片秋风，一片秋雨。

我何尝不梦寐追求一条遗落荆棘中的紫带，伴微风，守滋露。也为你吟，为你放歌。幽情苦绪何人见，翠袖单寒月上时。异地而处，愿是移居泗水之滨的书生；窥你，候你，在白杨萧萧的墙头。

生命中血液般的一种温柔，即使溅在脸上（或溅在双手），也只为一如风的细流，抚慰的甜蜜。对坐荷芰，棋残矣，人倦矣，连琐翩然翩翩然离去，衣香在纸窗上浮沉。与你谈连昌宫词，词在案上。为你拂扇，鬓发乱了。流萤果然悄悄飞渡。

而夏日啊，在秋虫和野草前头催赶着树影，和淡淡的星色。人在四海之外，在云深不知处。森林茂密，霞雾迷迷，遥遥传递着染血的丝帕。

啊，追求那挑弄弦索的良夜，作蕉窗云雨的旧曲。再悲哀的也可以含衾遗忘，只憧憬一种沉静，无语忘晓的沉静。

或许曙色已经穿透所有的花窗，连琐，你为什么张皇？或许你未尝来过，只在墙外轻吟，孤独而美好的怨尤！流萤若飞来，沾我的紫帏。帘掀处，我期待弹奏琵琶的轻烟——在弦上，曳出一条温顺的轻烟，接我归向旧时的山谷啊旧时的山。

我的航行

我不知道这船是什么时候解缆什么时候出港的，看到舱顶上的圆窗慢慢发白，天亮了。"天亮了!"有人舒气说道，"我们的船就要开航了!"我想，人在海上该有另一种和在陆上完全不同的情绪——当我感觉到船身摇摆的时候，我知道这船已经离开了码头。

离开了码头，多么奇异的经验。打从孩提开始，就憧憬那离开码头"到海上去"的风采。我幼年看到了塘上的芦苇，芦苇上的红蜻蜓，和乱草边的石梯——犹记得如何在琴姐的照护下亲手放下第一只纸船。站在滑溜溜的石梯上，右手紧抓她的裙角，侧身放下昨晚折好的白帆船。看到水面轻风送它悠悠：飘去，飘去，在白卵石的水面上，生出许多涟漪。

那情绪，像晚风一般悠忽。我什么都不要，我常常想，当人在海上航行的时候，什么都不要，只愿自己像个航海的男人——当我倚靠在舷边，看到海水，那不再是岸上看到的海水了，那不再是梧桐树荫下柔美的海水了。成长了，茁壮了：成长茁壮包含另一层不朽的意义，因为你必须先能忍受割舍的痛苦。你自心灵中悟出这平凡的道理——你把岸上看见的海洋忘怀，全心全意去汲取新的印象：原来海洋是这么苍凉谲诡的。原来那喃喃拍打的不是九月山岗上的情语，那是白色的波浪，流转，飘移，那么微小而悲壮。

你能忍受那痛苦吗？那割舍的痛苦，那离开幻念和遐思的痛苦，那揭开神秘的痛苦。尤其当你成长，你必须忘却旧有的好日子，重新看看这世界：广大的世界，变化莫测的世界。你放下第一只纸船的时候，也曾偷偷告诉自己，去吧，去吧，我的小帆船，飘到你爱飘去的地方——别再回来了，我将不再见你。你小小的胸脯怦怦乱跳，抚着自己的心，像面临一个庄严的祭礼，因为你面临的原来是生命中第一次分离。而那小小的痛苦是难忘的。

而当这一次，当我真正乘船离开码头的时候，那港上的夜雾已经散了，几只白鸽在屋顶上疾飞。这巨大的分离是对陆地的分离——仿佛看到的不是甲板上的传奇，而是许多陆地上的面容：山外的家人，岗上的朋友，和谷边的花季。你的宗教没使你深沉下去，我想：你的离愁会使你深沉下去。似乎去年的午夜弥撒还没有完，铃声、祷辞、祝福，在朱红色的柱边，我曾对神父说：你来自塞纳河边，你看到圣母院的壁画没有？

像随手撒落满握的小纸片，你走过那小河的时候，秋风已经起了；你那不经意的扬手，如今却成前兆。辽阔的是密接的思念，在大洋的两个涯岸，在秋天，当月升月落的时刻，你将如何掩面哭泣？

我的航行夹杂着许多幻灭的愁绪。幼年的憧憬破碎得像凋萎的玫瑰花。我没看到七彩的小旗拍打蓝天，我什么都没看见。"出港了！"有人轻声说，竖起衣领，风逐渐大了。出港了，离开陆地，陆地上的平原和山，我看到少聪的长发，在异国的绿草红墙间飞动，我看到她，凝望白云，在一棵苹果树下，不经心地念着我的名字；而我的名字呢？当这船出港的时候，我的名字如云雾，在海面上浮动，失去了它的意义。

水井和马灯

长大以后就没看到过水井，心中却一直向往着。似乎"水井"已经变成诗句里的意象了，不再属于这个世界了，我一闭眼就能看到一个爬满绿苔的井湄，响着许多童话一般的铃声，许多故事，许多萤火。

而且我恋爱着那种挂着马灯的黑夜——画片里的，彩色电影里的——那种朦胧的，昏黄的，带着催眠性的古老的马灯一直亮着，在我心底亮着。我心中就点着那种灯，永不枯油的，带着烟渍的古老的马灯。我多么向往那种古旧的黄昏气，那种守着孤星的凄清，那种秋风下的孤傲。

水井和马灯永远在我脑海里浮现。我梦过它们，走路的时候想过它们；在树下假寐的时候轻唤过它们——啊，美丽的水井，啊，神奇的马灯。它们是我生命的两个小世界。那么近，又那么远。永远没有休止地浮现，碰撞，游移。明现，淡去。我梦中的世界，我梦中的水井和马灯。是的，它们在我梦中总是长着青苔，沾着烟渍的，它们的样子那么原始，它们真美。

命运待我们真好，世界多么广阔，而时间又是激荡的长流。生命真是一个奇迹一个奇迹堆积起来的——你可能浪费二十年光阴一无所获，空手怅惘；你也可能在几天晨暮里尝尽一切冷暖和忧患。你在夜色里踟蹰过吗？你恐惧过吗？你忧虑过吗？生命不是忧虑，生命是让我们在笑容和泪水里体认的。笑声终止的时候，泪水拭干的时候，我们就在小小的惧怕中成长了。就如我这一次来到金门，这个烽火中的小岛，未来之前，心中充满了恐惧和焦虑，那么犹豫怔忡。一直到踏上了这一片土地，在黄沙和绿树间看到了我梦寐中的水井；在张着蛛网的屋梁间看到我梦寐中的马灯。啊，生命，多么神奇可爱的生命！啊，生命，你叠起的高潮多么动人，多么美好！

我非但看到了水井，我一下子看到了四口，在这小小的山坳里，每一口都像一颗童话里的小星星，闪烁着，永不停息地闪烁着。我一下子回到了孩提的时刻。坐在井湄，沉湎入深远的日子，那些长着绿苔的古旧的老日子。我不但看到了它们，而且自己打水。你在井边打过水吗？那种经验好极了，有趣极了。你站在井湄，把吊桶往井底扔，慢点，你会在水破以前照见自己的影子，影子就在水面上，墨绿的，优美的，在那一刹那间你看到了自己，比铜镜里的自己还真实，因为井是原始的，原始使我们看到最真实的自我。你扔下了水桶，拉紧绳子，用力往左右一摆，桶子翻了，水就咕咕咕灌满了，你拉起一桶清水。当然，有时候水是浑的，带了黄沙，那大约是一口新井，旧井只有清澈的冷冽的水，那种冷冽是沁人的。你洗过荒山的泉水吗？如你试过，你便知道井水的冷冽了，那种使人纯真洁净的冷冽。

我梦中的水井如今被我占有了。窗外便有一口，井湄经常是潮湿的，阳光似乎晒不干它。可惜它不在大树下，要不然它就长满青苔。我在井边沐浴，没有任何邪想，井净化了我，美化了我的行伍生活。

昨晚第一次点起马灯来，那种喜悦是不能说的。在大学读书的时候，曾经看到一个西班牙神父如何轻易地在一间墨西哥式的小教堂里点气灯，他的手背上闪着地中海的传奇和耶路撒冷的神话，我沉醉在全无宗教的宁静中。那时我想，有一天我必将能够亲手点一次马灯。

如今我每天都同马灯在一起了，我的生命真是最仁慈的神的安排，我不知道该怎么感谢。

那马灯的光亮是有限的。它是一个每天都要擦拭的玻璃瓶子，装上煤油。那烟渍是古老的，美的，尤其当清晨第一眼看到的时候。它挂在屋梁上，闪着昏黄的光，有时也跳动，和蜡烛一样；但它比蜡烛安定，而且撒在地上的光影更阔更悠柔，永远像画片里一般，柔和，均匀，没有一丝紊乱。我有时把它提到桌子上，就着它读一首汤玛士·葛莱①的长诗，有时就着它写信给远在异国的聪聪，聪聪如果知道，一定非常喜欢。有时我凝视，那左右分开的灯心，一切幻想和遐思都跳跃出来。

你还埋怨什么呢？树叶低语地问我，埋怨什么？我什么都不埋怨——十月的金门岛秋意也慢慢浓了，夜来风凉，特别想到故人远适，坐在井湄，张望盏盏风中的马灯，生命何尝不是充实而神奇的呢？

---

① Thomas Gray，大陆常译作"托马斯·格雷"。

那天在金门城，我们相遇。多么偶然，却好像是安排好了的。那是一个休假日，秋天来了以后难得有那么一种情绪。我们坐在一家酒楼上，那酒楼真美，雕了许多花，许多鸟兽，站在阳台上，可以看见海和大陆的山影，那山影是朦胧的，天阴霾得很，我们异口同声地说：何不就在这阳台上饮酒呢？好醇美的高粱——我们眼睛都望着远方，许多砖房，许多炊烟，我说："好了，我们全是在前线的预备军官了。你说，这种转变都是谁的安排？"

"谁的安排？"你笑得那么朗爽，还像个学生似的；我在你的脸上看出大度山的晨曦和霞光。"谁的安排？你是不了解生命的——生命是细水长流，从一个带苍苔的石隙里飞溅出点点清水，也许在深山里，也许在林丛间——无论那河床多么平柔，总有些石礁，当细水流过，便溅起一点水花，便有些涟漪，有些异动，那不是什么人的安排，那是自然，"你吸一口烟说，"自然！你懂得什么叫自然吗？"

我看到栏杆上的水塘，那么沉静，我说："你扯得太像个大学生了，你该知道——我来提醒你吧——我们不再是大学生了，我们是军人，你问我什么叫自然吗？你是一种学历史的动物，虽然你读过哲学，你却没有神话的知识，你不懂宗教——你不配同我谈自然的真谛，如果你懂得希腊的精神，懂得希腊神话的精义，我就可以对你谈自然的真谛——你是不行的；你只是一个学历史的人。"

我端起杯子，好浓烈的高粱，我看到你身上草绿的戎装，你穿了军服，仍像穿着冬季的棉袍一样懒散。你低头沉思的时候，仍像坐在图书馆的三楼；我记得有一年冬天，你在书库里读汤恩比①《历史研究》的第七卷，我手上拿的是《马罗戏剧选》，你看到我，捉住我的衣袖，眼镜后射出一种奇异的光彩，你说："历史绝不是史料的堆积，你懂不懂什么叫历史？"那神情正好像刚才问我懂不懂什么叫自然一般，傲气凌人。"历史是一种哲学，我们治史的人先要在心里有一根丝线，用它贯穿六千年！"

"学历史的人才配谈自然！"你有点烦恼地说，把烟头撳熄，"你的希腊神话是象牙塔里的，那是阴暗大森林的，你心里堆积的全是异教理论，你的心长满了青苔，所以你会问我这是谁的安排。"你顿一顿，思索，然后说："你读过索福克力士②的悲剧，你相信那种悲剧吗？你一定是相信的，你以为命运真能支配我们吗？你相信，好，所以你怀念旧有的日子，所以你在我身上看到大度山的风流潇洒，你是不懂生命，不懂自然的——你应该听我的，告诉你，一个只会回忆只会伤感的人永远没法子进入生命的庙堂，他只能在宝殿外徘徊踯躅，他什么也不是！"

你又微笑了，我非常嫉妒你的朗爽。你身后忽然飞起一只雀鸟，嚓一声到屋顶上去了。你看我沉默，说：

"我们全是在前线的预备军官了！我们是军人，不是大学生。我看你身上也只有些书卷气而已，因为你是学文学的，学文学的人太不懂超脱了，你太不了解自然了。你记住，少尉，你神话中，诗篇中的

---

① Toynbee，大陆常译作"汤因比"。

② Sophocles，大陆常译作"索福克勒斯"。

自然在我们学历史的人眼光里就像那个!"你手指着一幢红砖房上升起的炊烟。

那炊烟直直地升起,升得好高,像要直冲天庭似的。那是一个休假日,在金门城,我们站在酒楼的阳台上,看到山和水,看到林梢的莒光楼。你说:"生命好在是细水长流,我就信仰这一点。你憧憬波澜壮阔吗?你早已经不是一个大学生了,你想在我身上看到大度山的书香吗?你是预备军官了。我也是,我们都是军人——你认清自己就可以了解生命的奥秘。这种变化在历史的过程中是微不足道的。我们全是些小河流罢了,我们全往大海里奔流。"

那休假日的酒楼好美,雕了许多花,许多鸟兽。我们饮了一瓶高粱,在你身上我看到什么呢?我茫然说不出话来,心里想:这真是一个汉子。我憋在心里,直到天快黑的时候,经过一座天主堂,我说:"你读过莎士比亚的《凯撒遇弑记》吗?原文的,不谈朱生豪了!"

"读过。"你说。

我问你:"安东尼看到布鲁塔斯死的时候,怎么说?你记得吗?"我看你愉悦地张望一排防风林,似乎没听见我说什么,我又问,"你记得吗?他怎么说?"

"这是一个汉子!"你回答我。我们来到桥头。

料罗湾的渔舟

吉普车爬了几个坡，只好像在黄沙里面翻滚似的。午后零时四十五分的烈日，即使在飞驰的车上，我也能感觉到"亭午"的闷热。路两旁山坡上种了成行成列的木麻黄和相思树，这两种平凡庸俗的树是我来金门后最觉得失望的植物。仿佛后方的森林学家们袖子里只抖得出两种树，从野柳到鹅銮鼻，从花莲到通宵海滩，全台湾（只要海拔在若干公尺以下的）全覆盖着木麻黄和相思树。

连金门岛也不例外。

他们只知道这两种树易栽易活，可以防风，可以储水；却没想到这种树多么烦人。种了芭蕉，又怨芭蕉吗？我从没种相思树，却不停地咒骂它。

木麻黄学的是松树的外貌，站起来似乎挺得很，神气得很——可惜它缺少一种"古意"，是的，古意，那种提供联想的神采。浮松欲尽不尽云，江动将崩未崩石。恸哭松声回，悲泉共幽咽。那是诗里的松。叶里松子僧前落。那是画里的松。松树所激起的意象太美，太引人遐思了。但我们只有木麻黄。

来金门前，我在大度山读书。那个小山在台湾的中部，满山都是木麻黄和相思树，偶然有些苦楝、凤凰木、榆树、琉球松，和杨柳。

而相思树到五月份时最猖狂了。我们都在心里暗数它的花期，因为相思树开花的时候，正是同学穿黑袍摄影，忙着毕业离校的时候。来金门后，记得第一次看到相思花开，也曾怅惘良久。那星点的小花像火焰，燃烧着我的血脉和心臆。

记忆里曾独行过烟漠漠的相思林，袋里揣着一本袖珍的味吉尔牧歌，或是兰姆的散文。星沉湖畔，烟起林际。那栉比不断的细枝树干曾构架成梦的天堂，数过去，直到水流渊源处，水鸟慌张地飞起，青蛙的鼓乐，蟋蟀的弦琴。记忆里曾躺卧在相思树影下，枕着勃朗宁夫妇的诗集，嘴里喃喃念着：啊，在英伦，四月正盛美不去；眯起眼睛看天，看不见天，只看到细叶迷迷，像春雾永远在梢末盘桓。当时年少春衫薄，也不知道叶落处，今夜就要飞起一只萤火，两只萤火，三只萤火……

植物所引带的是最自由的天地。从一棵树到另一棵树，从一座森林到另一座森林，从一名女子到另一名女子。几年来占领我脑海的船队就是这些植物，露出万支桅樯，一排排，一列列，永远数不清楚的植物们。

美极了，那种初识的惊喜。一个雨后的清晨，湿淋淋的道路，雨水滴过绿草尖上结开的蜘蛛网，像一面宝玉织成的锦绣，红翅膀的鸟，白颈子的鸟，在树林里跳着，唱着，要把阳光踩碎了才甘心，啊，美极了，那初夏的清晨。有一天，我正赶一堂课，匆匆走过一棵初开花蕾的相思树，两个一年级的女生忽然惊呼起来，一起奔向那招摇的植物，争着攀折一串黄花，那黄花生得太高了，她们焦急地跳着，跃着，一种纯粹向"美"追求膜拜的真义与焉展开，一幅处女无玷的巨画……我站在石梯上看她们，那一瞬间，我不仅仅看到花树和女子，我看到是人性内部最精美的跳动，和平欢愉的真谛，宗教性的虔敬。

有些联想会使人惆怅，使人寂寞。树的联想，甜美的结合，和雾气的整体。那山头在很远的地方，我已经逐渐在淡忘。前天却有一个朋友给我写了这样的一封信：

"真正是好久没给你信了，寄来的杂志，我们都轮流看过，那篇《最后的狩猎》我非常喜欢，很美，很 Romantic，它使我想起大三的作文课，有次 Lovejoy 念了你一篇文章，情调也是这样幽幽的，虽然不知内容（我一向不能专心一志听她的朗诵），但是却很能领受那股气氛，至于《气概与真理》看得我心里直着急，留学考将至，文学史还是濛濛，要是如你一般熟读文学史，心里至少稍可安心，现在真是急火了……××下周走，前两天到校辞行，大家表面上都很替她高兴，可不知心里想的是不是一样。那几天月亮奇佳，文学院的石栏，被我们躺了个够。"这信使我重新忆起大度山，文学院的月夜，和回廊、花草、书籍等等杂乱的形象。树也活了，仿佛又在山风里不断的俯仰。树的联想太使人心慌了。

那天中午，吉普车蹦蹦跳跳开过料罗湾边的公路时，好大的风沙，只看到白花花的太阳光照在树上，田地里，马路上；看得最多的是那熟悉的教人心烦的木麻黄和相思树。车子忽然升高，扬起一片灰尘，又往前滑了几公尺，灰尘落定时，眼前亮开一片湛蓝如宝石的海湾，那是我们熟知的料罗湾。我像在梦中梦见另一个更离奇的梦，车子又一回转就失去了它，第二次回转，我看到料罗湾的渔舟。

我不只一次看过那出名的料罗湾，却没有这么激动过。那天中午，四月的末尾，在烈日下，它平静而神秘。我在吉普车上看它如猫咪的眼，如铜镜，如神话，如时间的奥秘。我看到料罗湾的渔舟，定定地泊在海面上。

而那渔舟的静并不是真正的静。我在远处，只能看见蓝色的海天和斑花的船尾，画了许多纹彩的渔舟，泊在海面上，仿佛是定定的，静止的，因为海面无波——而海面果然无波吗？渔舟果然静止吗？我们都纳闷着。我们未曾走上去，就体认不出它的动荡；我们不曾飘海，就不了解它的起伏和不安。

　　许多美好的生活和甜蜜的园地都仿佛是不变的，安详的，静止的，无忧的；事实上，我们看到它时，离它太远，不曾俯身向前，用生命去拥抱它，感觉它。树的无知，山的沉默，书籍的渊博，都要求我们去抚触和践履。海也相同，海湾也相同，海湾上的渔舟也相同。在远处，我看它们静止，海湾也静止；而它并非静止，海湾亦非静止。必有小波兴焉，船舷必然左右摇晃，水声必然拍击着。我们看得太不贴切了。树犹如此。而我今天看到的植物也不再是大度山的植物，虽然森林学家们的袖子似乎只抖得出这两种平庸的树木来。

又是风起的时候了

又是风起的时候了，许是这小岛接近大陆，秋来的时候，秋便来了。季节的递转那么真确那么明显。早晨起来，看到许多黄叶，铺在沙地上，风声杀杀，越是冷清了，越是寂寞了。

离开东海到今天正好四个月，日子堆高，怀念愈深。黄昏岛上下过一场雨，从城里回来，淋得一身湿透，在吉普车里看路两边飞逝的木麻黄；雨越下越大，视野茫茫，不知道身处何方——许多淡淡的哀伤，许多愁竟突然涌进胸怀。今夜站在路口，秋风吹在身上，凉凉的，像回到了东海，像看到了大度山的树木和灯火，转瞬又是谲幻空虚；天上几颗寒星，平添无聊。

在学校的时候很难看到学校的可爱，只知道改革，每天都激愤地想把自己稚嫩的理想放到四周去实验，却忽略了那么多，那么多温情和友爱。在《古城末日记》（*The Last Days of Pompeii*）里，那个骄横的罗马人 Lepidus 说："Jupiter's temple wants reforming sadly!"（可怜那天帝的神庙正待改造！）作者嘲笑他说："除了不知道改造自己以外，他是一切事务的大改革家！"我们也曾经是那么几个伟大的改革家，只是极少安静下来想想自己而已，不知道自己多么无知，多么幼稚。看到石板路，怨它们太小太破旧；看到石桥，又怨它少了点雕饰，

"为什么不做成拱桥?"你埋怨了,"平铺水泥算得了什么艺术?"无邪的心灵只知道夜梦理想,把自己的尺度荒唐地拿出来量世界的方圆——但世界太大了,我们看到了多少?我们生活在那么优美充满"气氛"的校园里,我们看到了什么?只有连架的书籍,只有画报,只有梦谷、水塔、古堡和那连烟带雾的相思林罢了。

你能在书籍里探求多少呢?四年的大学生活我什么都没得到,只知道如何尊敬学问,如何从卡片箱走向书架,照号码找到厚重的洋文书——这些是什么?抬头看看夜空,有几颗星你叫得出名字,你知道它们的距离?你知道多少年后有多少颗星要殒落,多少颗星要新生?世界宇宙,永远在变动,永远在流转,书本能给我们多少?离开东海四个月我才参悟出这一点道理来,原来生活本身才是一门大学问,只有用生命去体验,才是有血有肉的——这才真是一步跨出了苍白冷酷的象牙塔,看见天日,看见风暴,走进这世界来。

在校园里生活的人是不大知道忧愁的,为赋新词可以愁,考试考坏了可以愁,经过女生宿舍看到电灯灭了也可以愁,愁上一夜,在床上反侧,诵一段关雎。天明后,又是同样的生活,掀开帐子,看看郊原隐雾,赞叹一句:美丽的台中盆地,早安,春天。在那么青翠的天地中,在扶疏的枝叶和茵毡的绿草间,你看到了什么?那些女孩子的阳伞、花裙、那些高贵的笑容,你看到了多少?"生活真好,"你歌道:"感谢主,全能的主……"

你也会凭栏低回,在没有课的上午,十六宿舍的走廊(当春深的时候)最适宜远眺,你看到河谷,和树梢许许多多纷飞上下的黄蝴蝶,像纸花一般,飞上一个多月,然后,在一个小雨过后的清晨,开门出来,忽然蝴蝶不见了,你眼睛寂寞了,好伤心啊,也许你会流下两行清泪!生物系的同学说,他们走了,那是蝴蝶的生活——"你何不去艺术馆后看桃花呢?这是桃花的季节哩。)感谢主,全能的主,去喝碗稀饭吧，看看邮局有没有我的信，想起昨晚胡凑的那篇 Browning's Dramatic Monologue 心里惭愧极了，对教授怀着偷懒的歉疚。眼睛酸涩得厉害。在东海，我们虽年青快乐，却整日疲劳。

但这些就是生活？生活这么单纯无聊吗？你辩驳道：你知道得太少了，你该到梦谷去看野火，那火光可以告诉你很多真理。你去吧，去梦谷，走过沿溪的小路，回头还看得见图书馆三楼的灯光，瓦际还响着青春的华格纳。树薯、香草、甘蔗、相思树，那野火只能带你往情爱上联想，你卷起袖子，砍下带汁的树枝，哼着英文歌加柴，生命就是那么丰富了，生活就是这么多彩多姿了。或许你和许多同学一起去，班上的女孩子除了忸怩，什么都不做，围成一圈吃吃乱笑，等你把鸭子烤好了，却争着要那块烤得最熟最香的翅膀，也许还埋怨：你们这些死男生，怎么不知道摆点胡椒到酱油里？摆点胡椒吧，在生活里也渗一点胡椒，让你在辛辣里尝出一点真谛来，让你知道，熄火以后，如何歌唱地从谷里走出来，如何疲劳地上楼，准备明天上午的"庄子集释"。

我真不愿扫你的兴，尤其当你爬古堡的梯子爬了一半的时候；我真不愿意教你灰心，真的，不愿意让你在主日崇拜以后出门便遇见大雨，走不回去。那翠绿的大度山平静而美丽，除了考试和舞会，你有什么烦恼？教室里多的是鸿儒硕彦，你甚至可以听见老教授用纯粹的英语朗读 Farewell, Othello's occupation's gone！回到中世纪，回到伊莉莎白的年代，回到浪漫时期，回到晚唐宋代——只要你上课时不计较女生的发型，只要你不盘算回家的路费，你就是王子，你就是骑马过桥的五陵年少。

生活多么好啊，当你沐浴完毕，站在窗口看新月升起，心中充满了欢喜和感谢——感谢主，全能的主，让我能有这么一个好机会在这里求学，看山，和恋爱！你不知道什么叫作争执，不知道什么样的日子叫作恐惧的日子——你的日子像七彩的流苏，那么柔滑，在指头间摩挲不完，多么顺心的一天，日子就是幸福，还想什么？你把床铺理好，加一块大甲草席，美丽的夏夜，萤火在河边翻飞，流水湍急，杨柳又长又绿。站在桥上，看灯光拉长成几十条破碎的带子，看一颗流星滑下，不知不觉就回到了孩提。

离开了东海，才知道在东海的四年只是我孩提时代的延续。那些美丽的梦幻，那些憧憬都同样疏落，同样紊乱。在甜美的协奏曲里读甜美的诗篇，在围巾棉袍里钻引"鹏之大，不知其几千里也"；那些密密麻麻的注疏，古人的旁注和眉批，徐先生的笔记和论文。你雄心真大，就希望自己能想出一个新解来攻击长辈；而你什么也没有创造出来，因为线装书上的灰尘曾弄脏了你的衣袖——你是一个有洁癖的大学生？你的袖扣发亮？你的书籍烫金？唉，你知道得太少了，你知道天冷了有多少人挨冻吗？你知道风起的时候，有多少人失眠吗？"根据克罗齐的美学原理，表现一词有它独特的意义——"你枕着凉簟咀嚼这句话：什么独特的意义？"成竹在胸"，我明白了，明天到中文系去看看玄秘塔的真迹，后天呢？后天去断崖野餐吧，顺便看看落日。而我离开东海才四个月，已经看到了许多真迹，什么叫作成长，什么叫作生活，什么叫作恐惧，什么叫作割舍！那四年对我如浮云，有时灿烂，有时灰暗，却没有太多意义。

你会问我，为什么不把它忘记？唉，你是忘不了的；四年的徜徉，我们知道每一种花的花期：圣诞花开的时候，正是合唱 Christmas Carols 的时候，头巾大衣，点缀每一个角落，你对西洋来的先生说 Merry Christmas，心里却嘀咕着，什么时候他们也同我们一样读四书？感谢上帝，给我们一个歌声悠扬的平安夜，到处都是脚步声，钟鸣三句，你为什么还不回去？天越来越冷了，东海的风越来越大了，吹得你寸步难行——有一天，突然太阳出来了，又下起小雨，在三月的午后，你走在小路上，看到苦楝花开了，飘满一地，紫色的，那么可怜地飘满你路过的桥梁和草地。风雨不已，你打伞去图书馆看报，去实验室看待解剖的荷兰鼠，到文学院听课；那唯一的木兰花开了吗？今年开几朵呢？去年我数过，上帝啊，去年我曾偷偷数过，居然开了十一朵。

然后就是桃花了，你不爱桃花，爱人面艳红。坐在草地上，你看不到桃花万千，只看到远远宿舍里的门启门闭，许多女生拘谨地走过来，没看你，她们看到的是自己的憾意，她们怀抱拜伦的诗集。这一切都平淡，像月份牌一样，伸手就可以撕去，甚至可以取下，一直到满山的相思花开的时候，你开始着急了，离愁渐生，流苏数完了，你看看一退再退的论文，明天？明天我要走向哪里？好多相思花啊，黄得教你难过的相思花，每一年都是那几棵开得最多，我真恨不得把它们砍掉。你慢慢理解了，幸福并不是永远常驻的，原来也有这么一天，我必须离开这个我熟悉的山头，校门还没建好呢，教堂的瓷砖还没嵌上去呢，为什么我要离开？尤其是，离开东海，我要去哪里？

也只有离开我们熟悉美丽的校园，你才能体会出生活的不容易和艰苦，是的，恕我说一句最平凡的话："生活太艰苦了!"你要离开了东海，才知道世界原来并不是那么美好的，也才知道，世界原来比东海美好!

在无意中，你会经过许多书本上忽略过的篇章，你会长大，甚至苍老，而且变得冷酷。我觉得自己已经慢慢冷酷起来了，从童年一下跳到中年，只有现在，当风起的时候，在蜡烛光下，听到炮声断续，听到木麻黄的呼声，忽然想起东海的冬季，目渺渺兮愁予。离开东海，又想起东海，像退了一万步来看一座城市，或即或离，山光水影，不知道自己身处何方，那一刹那就是最甜美的 Trance，怀抱万种愁绪。

第二辑　给济慈的信

绿湖的风暴

你该不会想到百余年后的今夜，濡湿的今夜，我突然忆起那村庄，在破败凄凉里联想到你。你知道宋朝吗？宋朝的美，古典的惊悸。那一次我一脚踏进一座荒凉的宗祠，从斑剥的黑漆大门和金匾上，我看到历史的倏忽和晨昔的烟雾，蒙在我眼前的是时空隐退残留的露水。我想到你，一个半世纪以前的你，想到你诗里的中世纪，想到你憧憬的残堡废园，像有许多凋萎的花瓣飘落在身边，浮香淡漠，夕照低迷。

第一次我去的时候，那"六合三十幢"接合的村庄埋没在战地的黑夜里。风很大，我什么也看不见，几盏马灯从小小疏落的窗户里泄出来，树叶像雪花一般飘飞，有时打在我脸上。我知道：我们离得真够遥远——时间的，空间的距离，那不只是铁丝网或护城河（如你所知的）所隔开的，那是神祇的安排，撒下许多黑雾，浓得化不开的黑雾，挡开你我的面目。我多么欣喜，在黑夜里，用双手触摸许多花雕的墙棱。仿佛有些寒星在寂静的天空冷冷地照着，仿佛照着我，照着你。我心跳着给遥远的友人写信："我终于看见一座宋朝的村庄了！"第二次我去的时候，是一个阴霾的下午，那村子叫"山后"，在一丛又一丛的相思树、木麻黄和苦楝树后面，成列的红墙，几棵老树。坐在井边，我茫茫然注视一弯又一弯的飞檐。

　　我从风沙的平原想象到落雨的森林。我看到你，不是那探首摘梧叶的书生，不是轻吟石榴的少年，我看到你坐在汉普斯第的小楼上，膝上摆着一本《仙后》，看窗底下花园里走过一个你心爱的女子。她胸前捧着一束康乃馨，着浅黄的秋装，站在逐渐枯槁的法国梧桐下，默默地看你。第二个黄昏，可怕的落雨天，你坐在密密的雨丝前，看窗帘舞动，已经过了六句钟，那黯黯的小门还不开启，有人在附近弹琴，你在纸条上急遽地写：春日该到了，芳妮……你听到原野上画眉的轻唱了吗？那是温和的气候的先兆吧，芳妮，我期望一个春日。

　　那藏书的小楼是你的小楼，不是陆游的小楼。红酥手，黄滕酒。一块丝绢怀在袖里。多少个足音响过黄昏的石板路，那不是游宦者的黄昏，那是期待的人的黄昏，你去得多么远。海上的狂风，那不勒斯的港湾，罗马的坟茔。而飘海来到这个小岛上，我仿佛在一座宋朝的小楼上看到披着毛线围巾的诗人。你的魂魄今夜伴谁？果真你也去到威尔斯的古堡里读"奥香"的古诗？果真你看到海洋的蓝色藏在芳妮的眸子里吗？

　　我航海离开陆地的时候，正在一个初秋的凌晨，第一次看到海洋，那"翻腾的浪"打在心房里，一日一夜；你也陪我不眠吗？像那个晚上，在伦敦的夏夜，你思索着，忧虑着，许多波纹回旋，聚拢，散开。那一次黯然离开凤凰树开花的大度山的时候，正是七月，草长得像《恩迪密昂》里的祭坛四周，像该有些牧人驱羊行过……我走下楼梯，走过林荫的小路，石桥，突然觉得陌生起来了，割断了生活里的甜蜜和温情，挥别文学院楼顶最瘦最淡的一片晚云；教堂的木架滤过橘黄的暮色，许多归鸟往水塔和梦谷的方向逸去。西边的石塔犹坐着两个着白色衣裳的少女，粉红色的蝴蝶结在绿草上颉颃。我梦不见什么，看不见什么，苦苓树下的设想已经模糊了，似乎离开那山头，我也离开了你。

你一定也尝过成长的苦楚，那知识和责任的无奈咬啮着我。在两个月里，我体认了分离、拒绝和远适的茫然。东方山群里的绿湖，单桨游艇，水鸭，小山，急湍，忽然我勾回童年时候的一些残梦——摸虾子的残梦，捡稻穗的残梦——苦雨的冬季，凌晨出门，到堤下拾取野菜；烈日的夏天，在橄榄树上躲避一下午的市尘；我忽然回到孩提的愚骏，没有记忆的愚骏——飞车往南方的山群里驰去，两旁的樟脑树青翠依然，劲挺依然，瀑布雷轰而下，打湿我的上衣，一直到长桥的另一端又干了。你也关心过山中居民的痛楚和无告吗？煤油灯，茅草屋，薯片饭，教堂。我曾去过，去林中的部落，番刀的豪迈，竹笠的粗犷，溪涧的怅惘，吊桥的恐惧，一切都像迅速由山顶下压的层云，覆在部落的茅屋上，覆在番民的脸上，覆在我的心头上。我怎么样也忘不了那战争末期的恐慌，柴火，粮食，瘟疫——巨木砍倒的声响，细雨里佩长刀的警员，村民的蓝布衣服，和哗哗不停的流水。那些已经去远了吗？你永恒的诗人啊，那些纯朴的旧事，浓密了我的灵犀，只要我回到那竹林山结环抱的绿湖，我就能从水影中看到自己。七月以后，我像水鸟一样盘桓在那平静的湖边。

如何渡过那急湍，有时我碰着水流，心悸得忘了自己。生命中也有许多不易跨越的急湍吗？可有一根楠木横倒的独木桥吗？可有个扶持的人吗？他该赤着上身，背着阿眉族人的箩筐，嚼着槟榔果，拘谨地说："到上游去，那儿有一座桥。"——可爱的荒蛮。我永远把劳顿的灵魂交付平滑如镜的绿湖，每当我回家的时候，摔去腋下的书籍，忘却爱情和函札，去到冬青树和槟榔树围绕的番社里，我要去听他们的祭神舞曲，我要看他们的望月，他们的车辙，憨笑。诗人，你的中世纪也如此吗？除了武士和战马，除了城池和鹰旗，你可有些安详的和平的农庄，乐天的愚蠢的农庄？——假如你也能跟我们到山林里，随一个壮得像傻子的向导到山林里去，看他们用弓箭狩猎，你该陪我们去秀姑峦山看野鹿和山猪——多广阔的深林，多冷冽的山涧，每一个崖顶上生长一簇洁白的百合花。

你生命中也有那么一个绿湖吗？那么一个教你忘怀一切声名一切论争，甚至一切书籍的绿湖，让你照见自己蒙尘的灵魂——水鸭，菱角，荷芰，莲藕，和单桨的船。

那船溜逝得多快，坐在岸上看它驶入芦苇，眼睛就寂寞了。翻过一张画片似的作别，生命真的那么不留痕迹吗？

海岸，海岸，波涛，波涛；许多无谓的争执只为知道谁的海岸美过谁的海岸，谁的波涛温柔过谁的波涛。那小镇，爱情的小镇，唯一的小镇——我忽然看不见竹筒里的米酒，看不见双足缠挂的七色布条和铃铛。在一个烈日的正午，我拨开一片夹竹桃花，她在另一个花园等我。芳妮，芳妮……你的眼睫上只留住芳妮的笑靥和泪水，我看到她额前的刘海，看到顺从的甜蜜的双唇，看到神话的坚持和古典的欢愉。水仙花，回音的凄切。沙地上的赋别，车轮滚过小石子的滨海大道——只有晚霞还在，只有渔舟的倒影还在，只有女性化的山还在……自己怎么数得完上山的石梯？自己怎么能断定古墙的颜色？风铃摇着，花落着，潮水涨着，今夜月亮该在几更时候上升呢？你说，你说，该在几更时候下沉呢？诗人的红堡，意象化的城垛，在高处，看绿草地的阳光，看九月着花裙的女子匆匆赶来。

"你冰凉的小手！"多么秘密的小手，我握着莲花似的握着她冰凉的小手。海风吹彼此的双颊，吹乱她的长发。我怎么懂得什么叫分离？冲绳的落日，巨洋的波涛，波克丽的秋天辽夐如温泉谷的水汽，都在一个朔望里散尽了。你必定也曾在林中散步过，永恒的诗人。知更鸟飞起，踢落几滴水珠，掉在额角上，那一刹那的迷惘又该怎么说呢？那是"雾和瓜果成熟的季节"了，云丰满得像要蒂落在海上。倚着铁栏，看海，那不是驶向那不勒斯的，我不读《唐璜》，不必诅咒拜伦，

"暴风雨是这样写的吗？"你在地中海上愤怒地说，把那诗人的新书摔在甲板上；离别曲是这样写的吗？我回想到荒山的中秋月，梦谷里严肃的野火，音乐馆暴躁的华格纳——"奈何征尘未定，可堪叶落苔藓地……"

我把一切奉献给你，小窗前关怀诗集销路的诗人。伦敦的雨雾蒙蔽了你的七窍，只期待每个黄昏，让芳妮站在另一个窗下远远望你，抱着一束康乃馨，远远地微笑，许多愁绪。我把一切奉献给你，檐滴串成珍珠，飘风织成衣裳，让你在多雾的码头独立时不致感到酷寒。灯在路的另一头，暗下去了，雾越来越重了，她怎么还不来。绒线帽子捏在袋子里，诗集捏在另一个袋子。啊芳妮……

而我们的生命就是这样没有休止地转变下去，从高原到市郊，到海岸，看渡船载运邮件慢慢靠岸。或是在疲倦的午后，躺到微风的树荫下，密密的细叶，把蓝天切成碎片——想到家里的盆景，荷花池，金鱼缸，火炉。想到阳光的海岸，美丽的海岸，迷人的小浪，岸上的拥抱，巨大的黑伞撑开雨水，我们在伞下，谁也看不见我们了，河水对面的观音山，那暗淡发白的轮廓，她说："像做梦啊——"果真一切皆在梦境里吗？果真我们已经醒了吗？你永恒的诗人啊，你已经醒了，你在罗马的墓园里醒着，你的名字写在水上……而我们未醒，我们都在长长的软软的梦里。

让我静下来俯视自己，离开了无名的绿色湖泊，离开了照亮自己的心灵的水涯，拾野菜的日子，捡稻穗的日子，摘橄榄的日子，捕麻雀的日子。漫天的蜻蜓在荆棘林上飞旋，果园，酒店，宗祠——我看见那村庄，线装书里的村庄，陆游的村庄，我坐在菊花畦前，仿佛看到那索然探头的就是沉疴不愈的你。

你的诗已经像水渍，浸濡了全世界，你的灵魂像灯笼，早已照亮了所有伤感的和不伤感的人的心坎。那立灯下异国的蓝眼珠，那无奈的笑容，绽开了，枯萎了，落了——像栀子花，摆在绣花桌布覆盖的长桌上，一种芬芳，低垂的窗帘，温暖的火盆，咖啡，烟草，她说："你将使那诗人之名布满东方的每个青石街道……你们不了解他，你们不——"

　　每次我推门出来时，我预感的悲剧的第四幕已经开始了，像醇酒，醉倒一时，许多疾首的苦楚，在晨起的山风里发酵，流满山谷，草原，和林木的深处。她把你的画像交给我，像递过一片彩色的云朵，我心猛跳，我该如何把你引带到那梦幻的绿湖呢？让我们共划一艘轻轻的舴艋舟。我走到哪里你便在哪里——连绵的灌木林，嵯峨的山石，狭窄的水道，寒冷的碉堡；在马灯下，在烛光下，你恒在，你是无所不在的诗人。"那双唇，我亲吻的双唇，何以如此苍白？……忧郁的风暴。"

自然的悸动

　　是这样一种自然的悸动，流过春来的大地；是这样一种淡淡的悲哀充满无言的树林。我们同去吧，当清晨的露水还冰凉地沾在初醒的草上，当教堂的钟声初奏，天门轰然开启，我们走出这阴暗的屋角——为什么不去？去接近自然，在默默中让我们一起去体认它的奥秘。

　　我们不必叹息。我们出去；用微笑，坦然把胸怀对着大地，对着自然，鸟啭，鱼喋，树叶如何沙沙摇动，水流如何悠悠逝去。就是这些，这些是属于我们的，我们拭干了泪，抬头看云彩在高大的树干间游动。我们要认识这世界，不是让世界来认识我们。

　　山上多雾，初去时常觉得一种渺茫的寂寞。轻轻的雾就如轻轻的愁。面对虚空，凄愁却自你四周升起，冉冉的，像那不由自主的睡眠。我常爱推开窗子看树，屋外是一片草地，是一个坡，几棵大树立在当中，像神话中的世界，是你《恩迪密昂》中的世界。那圣坛所在的地方，也许不是我那时推窗看到的。雾气在金色的阳光中淡淡地溜散，但不必惋惜。明天，只要你早起，推开窗，你仍然可以看到它，也许更浓，也许淡些，但它恒在，它是你最好的友人。

　　是的，"自然"是你最好的友人。它永远忠于你，伺候着你：只要你愿意亲近它，只要你把真诚给它，它就是你的朋友，永远与你同在。雾是准时出现的，只要你不赖在床上，雾永远是那么准时，你张开眼睛，拉开窗帘，打开窗子，它就乖巧又幽怨地立在那儿，轻轻地向你道早安。你要善待它，因为它是雾，雾是自然最精致的化身：朦胧，轻盈，永远的美。

在那山上，当冬天来的时候，霜是稀有的，除非温度下降，你只能每天与雾在一起。夜里路灯在白纱中照着，像一张淡墨画，你心里忖度：明日必是个好天。

是的，尤其在这冬季的末尾，风已经渐渐小了，天也慢慢暖和了，早晨往往是金阳满地的。你如爱温暖，可以走出去，去到山坡上徜徉，你不必带书，更不要同伴，因为那是可贵的单独。一个人一生中有多少机会能"单独"下来呢？单独可以思索，而思索的时候，人才能完完全全地面对自己。

看潮时不妨有个伴儿，在澎湃的惊涛下，如你有一个伴，必不致于觉得自己是太渺小的——在潮音下，你的伴儿也不会愚蠢得想对你说些什么，彼此都能静下来。可是有些时候你是应该设法单独的，譬如散步，走入树林中去，这树林不必太大，树木也不必太老，但必须有一条小路——而且只有那么一条小路——可以让你沿着它走。当然，你也不必有什么目标，只要你爱，寒冷算不了什么。起得早，披件厚绒的外衣，你会在冷雾和逐渐加深的阳光下发现人生的乐趣。你知道，在那山上，我已经享够那种乐趣。

人总是幻想的。只是幻想的畛域不同。有人幻想权力，有人幻想财富——但我们宁可有一片干净的土地。我不愿再说神祇的坏话了，但我深信乐园不在彼岸。那叆叇的云朵，无边的夕照在波涛上辉煌；流水的奔流，石头间迸生的野草，唱歌的星子，和永远不变的河汉！除非你欺骗自己，你就不难在这天地间参悟点乐园的情趣来。

山居的日子，我学到许多梦想不到的好处。我原怕那儿的凄清和寂寞会浸蚀我的灵魂；相反的，我慢慢发现它们并不可怕。"它们怕我"！生的欲望不只是活下去的欲望——有时我深夜不眠是我内心中升起了一种热力，一种波浪不停地汹涌。我要捉住时间，不愿让时间支配我。几年来我的心悸是对时间的心悸。

　　回头看窗外，正有一群羊低头在地上吃草，那山居的日子啊！草枯了，它们依然逡巡不去。这神话的美景，不必由我来说给你听，你便在那世界里。

山中书

夜来时总有点忧虑，这忧虑不知从何而起，似乎整个人被包涵在黑暗中——黑暗吸吮着你咬啮着你；就如同现在，夜渐渐深了，也渐渐冷了。灯下，一种莫名的感觉越积越高，越高越浓。从前不知道古人为什么种了芭蕉，又怨芭蕉，现在渐渐了解了，原来生命中点点滴滴的烦恼都和自己的观念脱不开。就以我的情形来说吧，那次去到山中，本是为了"面对冷漠"，也是我自愿的事，后来怪风，怪雨；好像一切都是外加的，那不是太违心了吗？

诗人，你也怕孤独吗？我想你不会的，你怨过风雨吗？在伦敦的冬季你逃避过风雨，是因为你的肺受不了酷寒的浸濡，你却不怨风雨——我想你不会说我那次到山上去安详地思考是错的吧，虽然我后来愧怍得很。你有一夜，我还记得——那是我一个蓝眼珠的异国朋友说的——你有一夜读到一首诗中的一句"翻腾的浪"，你便不能入睡了，你整晚都躺在床上想象那"翻腾的浪"，你说你仿佛听到了海的声响，在很远的海滨，你听到波涛相击的声响，海鸟的呼叫，船舶的汽笛，你在信里说："我宁可维持我的慵懒状态；我在思考，这是我的 Diligent indolence。"我明白了，那次我单独去到冷静无人的山上，也就是为了得到我的慵懒状态，为了体会你的 Diligent indolence 我要从心灵上去了解你，进入你，不愿从书本上接触你。诗人，那次我去山上，我临走的时候，对海滨的友人说："我走了，我去享受我的寂寞……"

而我为什么又怨风雨和孤寂呢？草黄了，叶落了。这种不寻常的感情也不是常有的，只有当情绪大变后的一段时期，人会发觉自己的脆弱总渗和着倔强。那倔强往往引向毁灭，唉，假如真是"毁灭"也就好了，就怕只是无所谓地消逝，向荒谬的深渊流淌。

毁灭是一种不可思议的美。记得读艾略特《空洞的人》后我曾议论道："伟大，毁灭，甜蜜的沦亡。"这不是莎士比亚的"凄凉"概括得完的。Parting is such a sweet sorrow——这里头却没有任何甜蜜的存在，你必须先有一种光荣和伟壮的奋斗，而后能有一个惊天动地的毁灭，像伊迪帕斯①王，像我们这个不断推进的机械世界。毁灭让我们联想到蚀破的石柱和残垣断墙，青草自石块间挣扎地生长出来，那才是最恶毒的嘲笑——啊，诗人，那就是你"辉煌的死亡"，你所追求的，讴歌的"辉煌的死亡"！

"假如死亡也像云彩一般沉落下来……"你这样歌道。假如云彩沉落，我不知道我们又何必喟叹伤感。童年时爱看云，尤其爱看倒映在水中的云。

曾经几次在河边从中午坐到天黑，为的只是多看几次云朵如何在流动的水中变幻舒卷。那种幼稚的好奇真不能死，我但愿可以永远保有那种洁白的心灵。我一个朋友在信上说："我连静静坐下来看云的机会都没有！"我因此回忆了许多。最记得曾和他一起坐在一个小小的果园里谈"五四"和黑格尔。我们那时太小了，只知道用双手赶时间似的编织彩色的梦，却不知道跨出果园以后，当我们长大以后，我们同时会因为不能"静静坐下看云"而遭遇人生第一种悲哀。

---

① Oedipus，大陆常译作"俄狄浦斯"。

成长是痛苦的；如果我们可以回到杨桃树下静坐的时光，我宁可放弃所有的书籍。那一次我上山，就为了寻找一点逝去的自我，拭亮蒙尘的心灵。我一个人散步，一个人听风，听水，看云，看星——有时似乎回到完全幼稚的时光。知识的雾，年岁的烟……而活下去就是错下去。我何尝不想把自己从纠缠的愁思中挣扎出来？用一把银亮的刀，把过分的思虑切断。我真向往那种深山古寺的宁静，那种荒谷草莽的纯朴，那中世纪的单调，那野林烟尘的淡漠——回到"恩迪密昂"的时代吧，否则就回到高山去。

记得你曾这样说过："我的寂寞是高贵壮丽的……风的呼吼是我的妻；而穿越窗棂的星光便是我的子女。"你与自然的一切化而为一，我真不知道哪天也可以企及你那落拓的胸怀。那次我在山上，埋怨得太多，想得太少，我断送了一个寒冬的闲适，我忘记了生命的瑰丽和真义。我只是叹息，叹息——叹息我消逝的纯洁，叹息我已经看不见"自然的美，自然的力"。我总是坐在窗口，披着冬衣，把书置放在膝头，望着山下的灯火出神。而我为什么到那山中去？难道我不是为了参悟一点寂寞的真谛吗？日子过去了，像流水，冲向一个湖泊去，那湖泊容纳了那么多全程的奔激，那么多时间的奥秘；而山呢？山静静地卧在我的脚下，正不疲倦地把它的沉重，丰满和神奇展示给我。它会掩盖我所有的创痕，而它也将掩盖你。

最后的狩猎

你要不要我说个故事呢？也许我不该说那是"故事"，它不是故事，是永远震颤我心弦的低微的音响，它在我灵魂的深处跳动，压迫我，提醒我，戕害我；它却使我永远保有一份"形而上"的自觉和恐惧——也许就借着这份洪荒的自觉和恐惧，我到今天还活着，还写着：幻想的深度，悲郁的云层。

你多么向往那中世纪仙子和魅魍的传说，伟大阴森的城堡，飘飘不已的冷风，褪色破碎的长旗，护城的深河，磨坊里的老巫婆，抄写古籍的僧侣。那些是你的中世纪，醇得像"地窖里的美酒"，醉得倒一个多世纪爱伤感的男女；也醉倒我——我是一个从小读孔子、孟子，长大读老子、庄子，崇拜莎士比亚和艾略特的中国人，你的向往居然醉倒了我，你相信吗？

所以我也要说一个故事给你听，在这么冷的冬天，在你埋进罗马的土地以后这么久的一个冬天，我要说个让你回忆到你的向往和憧憬的故事。我一直把它埋在我心中，一直到去年秋末。

你知道我来自一个岛屿的东部山区——那儿有马来族的一支的土著，也有迟来的汉人。本来土著是很乐天的，他们在那个山区和纵谷里狩猎、打鱼、跳舞、牧牛、饮酒、种植并收获，他们快乐，整个地区的高山和深海都属于他们。他们可以在一个特殊的节辰里，全村出动，扶老携幼到一个河边去摸蚌，在河岸上唱歌，把小孩放在沙地上堆土游戏，大人脱衣下水去，傍晚抬头看天，该回去了，还有一段路要走呢——到镇上去把蚌卖给汉人，哦，不是卖，就换几斤米酒吧，驱着牛车，带回荒村去。他们乐天，喜欢歌唱，却不会储蓄。

日子那样下去，直到文明把他们驱逐到高山去；他们体认到大自然的酷寒和残忍。离开平地，离开水源充沛的稻田，往山上迁徙；在谷边，在林沿，用双手单斧砍树，搭下简陋的茅屋，生起火来，度过冬天，迎接春天，提着弓箭，带领十六岁的儿子，到深山去打猎花鹿和凶猛的野猪；运气好的话，一星期过去了；若是厄难到时，往往是做父亲的绝望地把未成年的儿子鲜血淋淋的尸体背回小屋，可怜的母亲，就在山崖下，用古老的树头，掘开一个洞，把那苦难的灵魂交付蛮荒的神祇——霜露、淫雨、冷雾、烈日、暴风。日子是这样流淌的，活着是为了冒险？是为了挑战？不，是为了应战，面对巨山的鬼灵应战。

啊，我要说的不是这个，我要说的是一个灵魂的召唤的故事；一个故事，是的，去年秋末，我说过一次。一个说：

"那是表现主义的剧本；我做不到——我最多只能写实；我的剧本只能到荒村野店里找材料。我不能到山上去，我不了解山，更不懂山的召唤。"他是了解戈士密斯的，诗人，你记得戈士密斯的"荒村"吗？我的朋友也能叙述一个类似的故事；可惜他不了解山，不了解那山群环抱的东部地区有多少恐怖的灵魂在啜泣，在呐喊，在呼唤——他们永远蛰伏在我的心中。

"我懂，我懂。"我的另一个朋友是诗人。他懂得什么叫恐怖，他了解灵魂，他承认灵魂。那个黑夜，我觉得很冷，就在油灯下说："你们了解我的意思吗？是灵魂的召唤！"

有那么一个猎人，一个出名的猎人，六年之内猎得上四十头野猪的年轻的猎人，他是整个秀姑峦山最出色的猎人。他的妻子不是阿眉族，是汉人——在一次市集里邂逅的汉女，读过书的好幻想的汉女，崇拜英雄；她爱上那个土著，跟他上山，住在最荒僻的山头，那个小屋很美，在瀑布和大树的背后，他们起初生活得很快乐，像天下所有的恋人那么快乐，直到一个雨季，那个悲剧的雨季。

妻子忽然在豪雨里从小屋奔出去，那时我们的猎人正在炉边烤肉，吹着动人的口哨；她狂呼着，往山路上跑去。在豪雨的山里，她的声音一下就被掩住了。我们的猎人追到悬崖边的时候，她突然疯狂似的跃下无底的深谷，没有征兆的死，爱情中的死，没有遗言，仿佛有人引她去，你相信吗？诗人，相信是谁引导她去的？是她的记忆吗？诗人，是她的知识吗？我不知道。

她是我的表姐，就这样说吧，我亲爱的表姐；她有长长的柔软的头发，譬如说，带点黄色，但远看还是很黑很光滑的；她的眼睫很长，往上翘起；她的双颊永远桃红。她会用芦草做笛子，编小船；我们曾经一起在小河边放过芦船，有些橘黄色的黄昏，她带我去摸鸟蛋；有些黄昏，她带我去拾稻穗，去甘蔗田里挖蚯蚓……

那年暑假，我终于忍不住，我坐牛车到山里去了，我一直想不通为什么我的表姐会死得那么离奇——那年我十七岁，我刚读过《哈姆雷特》的翻译本，心中藏着太多的悲戚。我的表姐夫永远那么沉默，我去的时候雨季还没有结束。我们吃腌得很好的鹿肉和野猪，还有山鸡和兔子。他非常需要我，我看得出来。我不敢问他表姐的事，他也不说。但我们心中都明白，整个秀姑峦山都在传说这件事。

第四天一早又下雨了，非常猛烈的大雨。我起身的时候，那猎人坐在窗口修理他的弓箭和皮鞋，脸上凝着说不出的烦愁。他太沉默了。我自己烤了一个红薯做早点。等我回到窗口的时候，他已经不见了。

柴门推开了，雨大得像瀑布，我心中有一个可怖的预感——虽然前一夜他这样对我说：

"雨季还要持续两个星期，再不出去我们都没有东西吃了。你表姐不在，一切都很不方便。"

这是我们第一次提到表姐，他压制自己的情绪，但那一刹那间，仿佛有一万支箭矢向我们两人的胸膛飞来。我很不安，因为我来了才吃掉他一份粮食。但我又想，假如我不吃，我的表姐也要吃，我吃的是表姐的那一份。他三天没有回来。我每天看着墙上挂的表姐的照片，觉得她的笑是在谴责我，或是谴责她的丈夫，或是谴责她自己。

鬼魅曾经来过，我这样幻想。他两个星期没有回来，雨时停时下，附近的猎人都去寻他，但寻不着他的足印，他们说他简直就是一只熊。那天一个老族人带我出去的时候，他说：我没法相信这种宿命……

我们的猎人在他妻子跃身的地点失足滑落深涧。我只好这样说，诗人，我宁可相信他是"失足"滑倒。我说他滑倒，我一定要这样说，诗人，原谅我。虽然这样说会污辱到他作为一个伟大猎人的资格，可是我能说他也投崖了吗？他也被山的鬼灵引去了吗？我不敢相信。诗人，我不明白；我只能把故事说到这儿，你会明白，也许你会遇见他，那个短头发的魁梧的汉子，他就是我们的猎人。

我仿佛还在一个噩梦中，每次我说这个故事（我才说了两次），就觉得这是一个梦魇，而我又不能不相信它，我知道，或许是一个呼唤的灵魂宿在那个崖头，嫉妒而暴躁。我离开那山头的时候，雨季已经结束了，父亲来接我，我们离开的时候听到牛角的鸣声，听到猎人围狩的吆喝——我们看到阳光照在山谷的巨岩和森林的梢末，也照在一个新坟上。

棟花落

棟花落的时候是三月。

有时手里紧握着一本史宾塞的诗集，有时抱着李义山；当棟花落的时候，正是多雨的时候，白颜色的雨衣潮得使人寒冷，我们慢慢走着，在学人住宅区走着，脚底踩着一地淡紫色的小小棟花，日子消逝得像青烟，袅袅的青烟。

诗人，你在英伦，不知道棟花是几月落的。那轻声告诉我芬芳的栀子花叫 Gardenia 的女子也不知道棟花如何开放，如何落下。她问我："那是不是我们说的中国樱花？"而我该怎么回答她呢？那时我正沉湎在你的许多颂诗里。My heart aches, and a drowsy numbness pains my sense——我的心痛，脑海静止，没有思考，没有爱憎；我想得太少了，每天下午四点就带着一本书——有时是史宾塞，有时是李义山——到那路上去看棟花落；但我心中念的却是你的夜莺，你的古瓶，你的忧郁，睡眠，和慵懒。

我推开她家的柴门，小径两旁开满了蝴蝶花，雨水沾湿了的蝴蝶花，我不知道怎么敲门，怎么进去。我说：我来了，这是我的新诗，它叫《鬼火》，我写死后的地狱历程——我觉得满身罪愆，我呼唤主的名字，我不知道为什么呼唤他的名字；若是现在我就不会呼唤他的名字。为什么不，她问，带着一脸惊慌。而我怎么知道为什么不呢？我总觉得眼前的人像楝花，开在枝头上的细小微弱的楝花，像烟雾，又像雨水本身，随时都要飞落到地上，让过路人的鞋子践踏。我忧心忡忡地说，我来的时候看到楝花落了一地，沿路都是，我不知道为什么大家都爱这种树，但我喜欢这种树，而且，我说，我曾为这种带满愁意的树写诗。我自此为一八一九年李树下的英国少年呢，我觉得我真敏感，你不会笑我吧？她说她绝不笑我，而且欣赏我的诚恳和幻想。那个异国女子。

"可是我回去的时候就得再经过那条落满楝花的小路，"我说，"而我非践踏它们不可！"

"那是一个问题。"她说。

"那很残忍。"我说。

我很迟才出来，我们在一起饮咖啡，并且谈诗，也谈到济慈，他是霸占了我们的心灵的诗人。后来一年余了，她说：我仍然怀念你初来我家与我谈济慈和你自己的诗的时光。可是时光已经过去了，时光总是要过去的——我们慢慢成长，慢慢拘谨起来了。有时我一个人再经过那条小路的时候，如果是冬天，楝树都是光秃秃的，我会抬头望着末梢的细枝发呆，什么时候叶子又要萌芽呢？什么时候花又开呢？什么时候花落呢？

花落的时候总是三月，三月是山上的雨季。当三月的时候，雨打在屋顶上，打在窗台上，打在草地上和小池上，那声音很熟悉又很陌生——我想楝花一定落了满地，我真希望能出去看看，到那条通往学人区的路上去看看，而且我要踏过它们，所以我就起身，披上白色的雨衣，拿起史宾塞或李义山，下楼出去，假如有人在楼梯口遇见我，总问我："下雨天，你去哪里？"

夏天的琴声

　　她在山头一个古老的建筑物里弹琴；琴声倾泻出来，像冷冽的水珠那样倾泻出来。她只会很轻快地弹奏一个出名的练习曲。每次我听见那个练习曲，我都会回想到满园开放的腥红美人蕉——可是她说她还会弹奏另外一个"更有趣的曲子"，我问她那是什么，她说那是"教堂的落叶"；我问她，教堂的落叶要表现什么，她说不知道，可是，她说，那回响就像大教堂里的风琴。

　　我从来不知道大教堂里的风琴回响时会是什么样的一种声音，诗人也不知道——你知道些寺庙边的巨树，叶子沙沙地摇动，直到一瞬间，忽然它变成寺庙的一部分。可是教堂的风琴应该属于谁呢？就让它属于祈祷的修女吧，或是我幼年时看到的那个拼命在追思礼拜中擦汗的牧师？

　　那年夏天，我从山区出来。我乘午前的小飞机离开那个安静和平的小城。飞机冲离荒草枯焦的机场时，我还看见街道上睡得熟熟的灰色房子，和房子边许多老榕树、木麻黄、尤加利和凤凰木。一列小火车沿着海岸开，正蠕蠕地驶过一座铁桥。

　　（我曾走过那段铁桥，当我很小的时候。）

　　一边是大海，海浪在沙地上织就一条很长很长歪歪曲曲的白丝带——我们的海岸像白丝带，后来我终于对她说了，这样说，我很骄傲——我看到小城可爱得像一个没有成年的女孩。我离开它的时候，它正在八月的烈阳下沉睡。

"那我们到哪去呢？"后来她问，因为我不喜欢看石碑。我们决定去一个半山上的天主堂。我不晓得天主堂是不是供人游览的地方，但那天我们刚见面，我们有许多话要说，所以不想那些。那个小天主堂在半山上，有铁栏和积苔的石阶。

而且有一个小风琴。好静啊，只有蝉声。我们不能花太多时间去听蝉声或是看风琴，我们看彼此的眼睛，听彼此的呼吸，她的泪从眼角一直流下来，顺着苍白的颊流下来。她说她很想念我，我们很久没见面了，见面以后不知会怎么样。我拭干她的泪，她说她爱我。

"我常常到山上去弹琴，在那个钢琴教室里——你记不记得那个古老的——至少有七十年了吧——砖房呢？那儿有一架很旧的钢琴，我喜欢；我好喜欢啊，我每天黄昏都去，那时还有晚霞的光亮，照到琴键上，我总是弹到天很黑了才出来，因为我害怕——我怕黑暗，你知道吗？你知道。所以我已经很会弹那个练习曲了，你要不要我哼给你听呢？不要吗？你最不会欣赏我的才能了，你很坏——以后我绝对不弹给你听了。我还会弹另外一个曲子，叫作《教堂的落叶》。"

"教堂的落叶？"我问："它要表现什么？"

她说她不知道"教堂的落叶"要表现什么；其实我也不知道。我们两个都不知道。

每次我听见琴声，我都会想到那个夏天，青翠的树叶，巨大的树干，和一些落叶。流水从桥下穿流过去，有的溢到平平白白的巨石面上。那个夏天我们都幼小，喜欢在海滨的渔船上看人家撒网，顺便也可以看看晚霞。晚霞照在她苍白的脸上，我感觉我是和我的妻子在一起，但我不敢这么说，那年我才二十一岁，我不敢这么说。她生了一次小病，脸色很苍白，但她的眼睛水汪汪的，因为她很高兴我从那么远的地方坐飞机去看她。她问我坐飞机晕不，我说不晕。为什么不晕？她问。我说因为天气很好，天空是蓝的，偶尔也有几朵白云，像鱼一样在蓝天上飘流。

而那个夏天已经是很久以前的夏天了。

And in the midst of this wide quietness

A rosy sanctuary will I dress

With the wreath'd trellis of a working brain,

With buds, and bells, and stars without a name.

With all the gardener's Fancy e'er could feign,

Who breeding flowers, will never breed the same.

那没有名姓的星辰，那铜铃，那花苞……夏天过去了；她走了，诗人，你知道她什么时候走的吗，就在另一个更炎热的夏天的末尾，她走了。她留下一个小小的银十字架给我。她说："我们经过琉球群岛的时候，看到海上的落日，我有新生的感觉。"而日子匆匆地飞逝了。就像遗留得很少的夏天，我每次听见琴声的时候，总会回忆那个夏天。玉米长得很高了，鱼儿在水面上跳跃——一切都还像是琴键上的色彩；她不再到那个古老的建筑物里弹她的练习曲了——也许永远不再；而《教堂的落叶》这个曲子要表现什么？我到今天还深深纳闷着。

寒 雨

下过雨以后，那条路总是很难走的。那时我最担心下雨。尤其是冬季，下过雨以后，风凉飒飒，地上满是泥泞，墙脚上积着绿得教人寒战的苔藓；蜗牛从石堆上爬过去，一直往屋顶上爬，留下一条断断续续的白亮的痕迹。

我那时最怕下雨。常常在残梦迷离的枕上，忽然听见雨水掉在廊前，在窗外，拍拍的声响把我催醒，披着外衣从玻璃门前看淋湿的小园，心里惆怅得很。

那年冬天，我许下一个宏愿，要把《恩迪密昂》译成中文。我知道那是几乎不可能的事，但我埋首伏案了一个寒假。天气都是阴霾的，却有一股热流在体内，支持着我。

我往往坐在深树的窗前，没有休息地斟酌，偶尔抬起头来，宽阔的叶子一片一片落下，树那边是一条小河，河过去是许多住宅，有长长的围墙和槟榔树。

> 美的事务是永恒的欢愉，
> 其可爱日增，绝不消逝空无。

我在想：我如今的疲劳也是永恒的欢愉，因为在为一个纯粹的灵魂工作。我在一个偶然的夜聚里遇见那诗人，在灯光下的春夜，我听到诗人的身世和音乐，那一刹那间，我变成为一个使徒。

于是，我在那个冬天，多雨的日子里，把一切思考一切阅读弃置了，只为追随一种至美的灵魂，像"饮了醇酒"地摸索，在荆棘中，在桂花园里，在牧场上，在圣坛边，在巨林里摸索；接近它，一步一步地接近它，发光的名字，皇皇的声名。

有时我也同那神秘的灵魂说话，喃喃地叩问生命和诗篇的意义。我几乎不认识自己，只知道在人世间至美的就是诗，就是伟大的心灵，就是追求"美"的精神。

直到我译完了那长诗的第一卷，才自梦中醒来。

我看到冬天的雨越下越大了。

玻璃窗外结着一层白雾，盆景在檐下发亮，几簇兰花柔柔地摇摆。

只有那条熟悉的小路，泥泞满地，我不知道怎么走过去。我要去看我的朋友了，去与他一起吸烟，谈诗人的 Negative Capability。如何促成自己的慵懒和怀疑？没有雄心的雄心，没有抱负的抱负，面对谴责和埋怨而懦弱——没有勇气的勇气。世界向你挑战，你避开它，转向别一个世界。诗人有许多世界。

"你今天来找我，定想先喝杯热茶，"他说，"喝过熟茶以后，你一定要发表许多意见。"

"你这话怎么说呢？"

"我从你疲劳的眼神和苍白的两颊上，看出你的心情。"他说，"以及你想说的话。你很浮躁。"

"我并不浮躁，只不过因为想得太少，做得太多——我的心灵不能适应这尘世，我所梦想的，我所邀游的是中世纪的风景。我随着一首长诗进入古典的天地，我的旅程甚远，所以我很疲乏。"

"你却不对了，"他说，"你抽支烟吧？"

"我没有什么不对的。你还记得我有一个图章上刻的是'无烟楼主'四个字吗？无烟并不使人愁烦，怕的是无诗。你说我哪一点不对？"我们点起烟来。

"你因为跟随一个十九世纪的浪漫派诗人进入中世纪和古希腊而感到疲倦……"

"浪漫派是无辜的！"我打断他的话，愤愤地说。

"但你对灵幻的追求太过热切，到头来什么也得不到，所以你冒雨来找我抬杠，对不对？"

"你说说看，历史学家如何解释文学的魅力。"我随意看看窗外，雨很大，夹着冷风。红和绿的精灵在跳跃。他的墙上悬着一幅后期印象派的仿制绘画，我记得那是马内的，淡淡的米黄色、绿色和红色，在雨天里显得特别调合。我问他："你墙上悬挂马内的画，桌上摆一叠罗马帝国兴亡史，这又作何解释？"

"解释？我不想同你们这种失魂落魄的人谈史学和文学艺术的关联性。如果你一定要谈，明天下午再来，我今天非把书看完才能和你抬杠。我还有二十四页要读，要做笔记。或者你坐在那儿等我一下，半个钟头后，我们就可以谈你的长诗了。不，我们不妨谈谈罗马帝国的兴亡和后期印象派的奇迹。随便你。"他说完拿起铅笔来，埋首读他的书。我问他："你读什么书？"

"福克纳的 *Bear*。"他说。他把 Bear 念成 Beer ——我觉得他读这种书，真太无聊了。我坐在沙发上看玻璃门外的圣诞红和雨丝，脑子里空空的，一下就睡着了。醒来的时候，他正用一支红蓝铅笔在白纸上做表格，他问我："你睡了多久知道吗？"

"不知道。总有一个钟头吧？"

"你确实太疲乏了；你睡了两个半钟头。我不忍心喊你起来，我想你该好好休息一下。在梦中你会发现自己。你该设法把自己找回来。你冷吧，穿我的衣服——现在还想和我谈济慈吗？或者谈罗马帝国的兴亡？或者谈马内的绘画？我这里做了几个大纲和表格，你要不要看看？"他把一叠白纸递给我，我看第一张上面写了"历史的考察和文学的渲染——有关罗马兴亡史的辨正"。我厌恶极了，即站起来，穿上他的外衣，又披上自己的雨衣，拿起雨帽说：

"我走了，我不同你谈济慈或罗马帝国或马内。"我觉得非常疲乏。雨没有停过。

向虚无沉没

　　——诗人，今晨怎么这般冷？罗马的墓场里该有许多凭吊的游人。果若他们全只是游人，你能忍受他们漠然的眼色吗？你能忍受他们的衣香鬓影吗？树叶一直落，不知道下星期那棵苦楝会枯成什么样子。

　　我今天发现一件人生的"荒谬"，一个道理罢了，一个"荒谬的哲学"。正好我上午写信给一个明友，他的毕业论文是研究那个撞车死亡的天才，那是卡缪①；你不会知道卡缪吧？我三年级的时候迷你的诗迷了很久，我读你的全集，译你的长诗，更在女同学群中演讲你的诗，解释为什么美的事务是"永恒的欢愉"；为什么你写"无情的美女"，为什么"四个吻"可以说明人的真爱——那时我真聪明啊，我为你设想了许多理由。"不只为了押韵，各位同学，"我说，"诗中的数目字为达成一种错愕的效果；你只能关心它是不是 appeal to you. Don't you think *Kisses Four* interesting, impressive, and appealing?"我每

---

　　① Camus，大陆常译作"加缪"。

天都和你对话，我坐在教室的后座，埋首想你的诗，你诗中的世界，你的语言、感情和美；大度山的阳光已经弱了，日暮崦嵫，一条条黄色的夕照透过教室西侧的尤加利射到我身上来了；她们走，回去背诵你的：

When I have fears that I may cease to be

Before my pen has gleaned my teeming brain,

Before high-pilèd books, in charact'ry

Hold like rich garners the full ripened grain;

她们像一群美丽的春鸟，一起飞走了；留下我，和我自己的傲慢。我坐在椅子上，手肘压着你全集的绿皮封面，支颐看黑板上的字迹，擦去的和没擦去的字迹；右边是相思树林，"可有一个牧神蹑足来听我的课吗？"我看到巨大的叶子闪闪发光。坐着，想着；你该不会知道百多年后的东方，如今有个少年自誓，做你福音的使徒；你不会想到我们中国人在读"生年不满百，常怀千岁忧"之余，也聚首研读你的诗吧！天色渐渐暗了，文学院静得像个古庙，僧推月下门，还是僧敲月下门？你说，假如你是那个坐轿子的官人，你会为那苦吟的三流诗人选择哪一个字？我跨出教室，看见几颗星星，嵌在历史系的窗户上——

When I behold, upon the night's starred face,

Huge cloudy symbols of a high romance,

And think that I may never live to trace

Their shadows, with magic hand of chance;

那株木兰花，那一丛一丛短竹。有人在教堂唱诗。我一路想着你，一夜想着你。你没想到吧，直到有一天我翻开卡缪的书，我忽然慢慢的冷淡了你，我对一个朋友说："我觉得已经苍老了，我不配再读济慈；济慈是属于很年轻很年轻的少年的！"

And when I feel, fair creature of an hour!
　That I shall never look upon thee more,
Never have relish In the faery power
　Of unreflecting love, ——then on the shore
Of the wide world I stand alone, and think,
Till Love and Fame to nothingness do sink.

那少年的激情和沉湎一起静止了。我走过桃花林，看不见什么，只想到许多可怕的"隔绝"的恐怖。多么荒谬啊，这世界——你的一切努力，一切经营，有一天都可能付诸流水，都变得惨淡无光，你来到这世界，为爱，为声名；而爱和声名向大海向虚无沉没下去了。

在这下雨的冷天，我想到的是卡缪的"哲学"，你突然退隐了；你不是愁悒的诗人，你活泼而年轻。我想到大学时候的劳力和精读，想到理想的破灭，那是十九世纪以后最常处理的主题了。卡缪的哲学，孤独的呐喊，寂灭的悲哀。我告诉我那同学："你写卡缪吗？你能读他的原文吗？你的法文足够让你欣赏他的文体和语法的完美吗？"

"对于你我，"他说，"卡缪最值得关心的还是他的哲学架构；法文有无都无所谓。"

我想起你来了，你曾说法文是拜波之塔以来最差劲的文字。我不与你讨论这些，因为我懂得不够。但你该不嫉妒（你不会嫉妒吧，你是一个只会愤怒的诗人）我大学三年级时曾经突然从你的诗篇转移到卡缪的小说和哲学。我觉得空虚极了，世界像个幻象，我们都生活在恐惧里似的，就如你诗中说的，爱情和声名会"向虚无中沉没"，到那时，我们什么也没有，只剩下疲倦的身心，一个平凡的悲剧——卡缪这样诠释了你的诗；他用西西弗斯的神话解答全人类推进文明的荒谬和无聊。他多么无情残酷，但他说出来的也不过就是你一个半世纪前说的"向虚无沉没"罢了。

我想象你当年带病离开伦敦港的时候，充满多少希望——一艘大船带你航过英吉利海峡，绕过半岛，进入地中海，在伟庄的那不勒斯登岸，碧蓝的海水，发亮的屋宇，你远涉重洋为了什么？雪莱的邀请吗？比萨城的神奇吗？这些本不是你远离骨肉、情人和因《拉密亚》①一诗激起的声名的目的，你只是为了健康，为了血肉的舒逸离开了多雾的英伦，而你得到什么？你在罗马的坟场里躺下来，石碑、花朵、青草、松楸、白杨。什么也没留下，就留下你的名字，"写在水上"。

罗马的正月该有温和的太阳吧？设想不远处躺着你的朋友，那乖戾的可怜的雪莱，你们该不寂寞了，谈生前的奇遇，谈诗，谈英伦的花，"哦，假如在英伦啊！"你们在黄泉下说话，"直到苔藓掩盖了"你们的嘴唇。我不敢设想你们可能有许多悲怀。二十余年成一梦……雪莱怎么说呢？他为你写不朽的挽歌，谁为他写挽歌呢？他在磷光闪闪下读《阿杜尼斯》②给你听，你读什么给他听呢？就读你的十四行吧。

Then on the shore

Of the wide world I stand alone, and think,

Till Love and Fame to nothingness do sink.

---

① Lamia，大陆常译作《拉弥亚》。

② Adonis，大陆常译作《阿多尼斯》。

CAVEMEN

"对于劳伦斯而言，"老叶一边翻着桌上的书，一边说道："这本书所表现的是人类原始本能对工业社会，人为道德观以及贵族生活的反抗！"他眼皮不抬，很沉重地说。他永远保有一份沉重的外表，从脸部表情一直到双手，一直到他每天腋下的书——譬如一本《中国语音史》或一本《文艺复兴的意义》，甚至一本康德——他信过教，在大一的时候，每晚上床以前都要祷告，但他反对宗教了；他写毛笔字，而且写的是魏碑。

那天晚上大家都有一种异样的感观。

我先要告诉你，诗人：我们在山上的时候有一个学会，这个学会的名字是我取的，叫作"原人"，这典故来自韩昌黎。"原"字本来做动词解，是"研究"的意思。"原人"就是"研究人类生命及生活问题"的，可惜有人觉得"原"字作形容词解也很好，则"原人"变成"原始人"的意思——那天大家都同意了一个折中的办法，对中国人而言，"原人"学会还是"研究人类生命及生活问题"的学会；对外国人而言，"原人"学会乃成为"一批原始人"的学会；所以当洋人问到我们的学会名称的时候，我们就答以：Cavemen Society；他们问我们为什么是 Cavemen 的时候，我们就临时编些理由，譬如说，原始人天真无邪啊，原始人快乐啊，原始人生活认真独立啊，等等没有经过大家同意的理由。但大家都很满意。

记得第一次原人学会的会员聚会的时候，我们一共有九个人，来自不同的学系：中文、外文、历史、建筑、社会及政治系。成员复杂，但我们互相标榜每一个人都是优秀的！等我们相信自己是优秀的以后，大家觉得九个人已经很多了，不可以让别人加入了，假如要加入，有人说，应该提出论文交付审查，"而且，"他说，"审查结果往往是：内容丰富，唯性灵不足，碍难接受云云。"后来有人说："假如有人要退出怎么办呢？"

"退出也要提出论文，"历史系的老林说："也交付审查，结果也往往是：内容丰富，不忍割舍，请勉强留会以观后效。"

这个就是我们的学会，每星期五在一个小房间聚会，提出论文来互相驳斥。那个小房间在音乐室和厕所的中间，一个英国教授说：Oh, then you are between music and water! 我们都很满意。我们在一起吸烟（几乎每个人都吸烟），喝茶，说些荒谬的学术见解。譬如第一次有人提出的演讲稿是"中国佛教禅宗诸派的发展"。第二次是"帕拉图的美学理论"。而第三次是"从莎士比亚的十四行诗看他的人格"。

我们容许少数同学旁听，而且往往是女同学来旁听。有时我们请教授来讲，但教授讲完了，就得准备遭受攻击，老叶的口气往往是这样的：

"刘先生，您的论调太烂，假如照您这样说，岂不是……"

所以后来我们决定不要请教授讲了，因为怕影响了大家的成绩。我们容忍女生的旁听，一直到最后一次，也就是我们谈"查泰莱夫人的情人及其文学真谛"的时候，门锁起来了，大家都比平常严肃。

"我无法容忍！"建筑系的邓小弟说："我承认当我看这本书的时

候，脸发烧而且非常激动！"

"这是你的文学素养及人格成长未成熟的原因。"老叶解释了，那天他是主讲人："你必须从最虔诚的心情出发。"

我们大家都没有话说。我的长袍衣角掉在地上，我走去开窗，窗外是静悄悄的校园，远处宿舍的灯光显示出许多啃书人的愚蠢。

我本来已经快忘记这件事了。离开大度山以后，我生活的改变太大，正努力教自己适应我的新环境。我们散处各地。直到那一天有人来信又提到"原人学会"，我像尝到一滴苦茶，觉得很晕眩，又很迷乱——我想起了氤氲的香烟，想起野心勃勃的面孔，想起窗外的相思树。相思树开花的时候我们匆匆忙忙离开了那个山头，等我再回去的时候，已经很寂静了，那是七月中旬。

黄昏时我又在一段矮墙上仰卧，我看到许多雀鸟飞过来飞过去，像大家在学校时一样，没有改变——那时我在为大家编一本纪念册，每天工作十个小时，黄昏时分是属于我自己的。我却觉得寂寞和忧愁，因为这是一个空空的山头。一部车子驶进校园，黄黔从车里出来，他走到我仰卧的地方问我：

"你在看什么？"

"看麻雀。"我说，"偶尔也看看云——咦，你到学校来做什么？"

"我去冈山，"他说，"我是路过。"

红叶

　　我到知本山去的时候摘回来两片红叶，我寄了一片给她，她很高兴，她说虽然叶面上蚀了两个洞，她还是很喜欢，因为我在两片当中给了她一片，表示我重视她。

　　其实我是无意的。

　　后来我们就如约去到海滨的沙滩上了，那晚天上一颗星也没有，也没有月，海上没有船只，但城里的灯光偶尔还会照到海面上（那原是一个滨海的城），反射出微微的晕色。我们如约到了海滩的当中，有几个渔人在左面两百公尺远的地方大声喧哗，抬着渔网，提着竹篓；有的在吸烟，一点点很微弱很细柔的火光闪着闪着。我们都觉得这样还好，总算接近人类；我心里尤其这样说着，我很害怕，我不敢单独和她在一起。

　　我们选的沙滩的中央是很细很细的卵石滩——抱歉，我说它是沙滩，因为我从小就称海边的地叫沙滩。这有什么办法呢？我的祖父这样说，我的父亲这样说，老师这样说，邻居这样说（那源于一个滨海的城啊）所以我也这样说，你大概会觉得我很不定吧，但我怎么能说它是"石滩"呢？你当然不会说那长满楠木的山林为楠木林山，你不得不说它是"楠木山"——人多么可笑啊，常常为一些外界的事务的

083

名词烦恼，其实名词是很可笑的，比介系词还可笑好多倍。

我小时候好欢喜蜻蜓，但我一直不知道"蜻蜓"两个字怎么写，我想啊想的，急得哭出来了，后来那个住在运甘蔗的铁道另一头的小姐姐告诉我了，原来只要在虫字右边加上"青"和"廷"就行了；我才很快乐地再到田里去玩，我很感激她，所以也很喜欢她。

但可怜的，她当然不是接受我赠送红叶的人。她不是的，她在我十一岁的时候患病死了，葬在一个枫树林里，我只知道她葬在那个枫树林里，我不知道她的名字——她一定是有名字的，因为那时她已经十六岁了，我只是不晓得她的名字罢了；其实我知不知道她的名字都无所谓，她喜欢我叫她姐姐，她就叫我弟弟。她高兴穿白的衣裳，好像病院里的护士。我想她生病的时候一定也穿着白色的衣裳，死的时候也穿，葬的时候也穿。牧师说她永生了；那个拼命擦汗的牧师说："她是主最宠爱的女儿，所以主召引她去，去到一个很遥远很可爱的国度——现在让我们为她祷告吧！让我们低头祷告：主啊，你要她的纯洁和美，你会照护她。她将非常快乐，在你的慈晖下过最可爱的时光，阿门。"

那时我什么都不懂，我只是觉得很寂寞，因为再也没有人陪我写字和游戏了——有时我忘了她已经到那个很遥远很可爱的国度去了，我还会到她家去喊她：姐姐，姐姐，我们看船去……但她永远不再答应我了，总之，我非常寂寞。有时我就到那个枫树林去找她，那时我相信，那个枫树林就是她的国度，但我不晓得她躺在哪一块土地里。我坐在地上看蚂蚁、蝗虫和金甲虫，我很空虚。有时我也看到红叶，那是秋天。

等到我从知本山回来的时候，我已经十七岁了。

我寄了一片红叶给她，我完全是无意的，我只是以为她喜欢一片红叶，没有意义的红叶——自从住在运甘蔗的铁道那一头的小姐姐死

G. Caillebotte

去以后，红叶似乎没有什么意义了——但她那么重视我的馈赠，她的欢喜成为我最大的烦恼。那时我十七岁，我开始烦恼了。而她要我骑单车到海滨去的时候，我刚满十九岁。

"单车怎么能骑到海边？海边有一片沙滩的。"

"可以。"

"而且没有灯，海边太黑暗了！"

"可以。"她说。她说"可以"的时候有一种固执的傲气，鼻子皱起来，像小孩子的样子，是很好看的。

等我们去到海边的时候，我才证实海边真是太黑了，我说，为什么一定要来海边呢？我们又不是渔人。她说不是渔人也可以来，谁都可以来海边。我说白天当然可以，晚上太黑了，我真不喜欢，她说晚上也可以；我很生气，因为她显然很不讲理，我不喜欢不讲理的人。

我们坐在沙滩上。她一句话也不说，只会用右手玩弄小小的石子，一颗一颗往底下抛，但她再怎么样抛也抛不到海水，顶多只能抛到细沙的那一段，她一定很衰弱，我想。有一次她问我，你喜欢打棒球是吗？我说是的，她听我承认了，忽然笑起来，笑啊笑的，笑得像一个疯女那么糟，气都喘不过来，蹲在地上。我就不知道打棒球有什么可笑的，我问她打棒球有什么可笑。她本来想停止不笑了，听我一问，又笑起来了，同样的，又笑得像一个疯女那么糟，头发都乱了；我很生气，我说你再不说我就要进去看书了——那时我正埋头在读一本近代史——她看我不耐烦了，赶快掠掠头发说："啊——棒球是小孩子打的啊；你是大学生呢，怎么还打棒球呢？"我后来问我表姐，到底大学生可不可以打棒球，她一边梳头一边说，"当然可以。"

那晚我看她抛石子抛不到海水，我就想报复她了，我故意挑一块最大的卵石，很轻易地抛进海水，我说："这就是打棒球的好处！"她不笑了，她好像很忧愁的样子；其实她是伪装的，她最爱伪装了。我觉得很无趣，所以我问她："你叫我到海边来做什么？我不喜欢晚上到海边来；这个地方太黑了，我们回去吧。你看那些渔人在吵什么？你看浪那么大，你看那个傍海的山都看不见了。你来海边做什么呢？我真不喜欢！"

她抬起头来凝望着我，我装作没注意到，自说自的，把校服的衣领竖起来，因为我发现海风很寒冷，而且她的目光也很寒冷。我说："我不知道海滩有什么好——我不喜欢海，你知道吗？我不爱海，我爱山，高山，古山，洪荒感觉的大山。"

她不说话，只是用两手过滤小石子玩，我想她一定不知道自己在玩小石子，因为她一直瞪着我，好像很专心在听我说话似的。我很得意："所以我常常到山里去，不爱到海边来——记不记得我去过知本山？那次我摘了两片红叶回来——啊，对了！我曾经把其中的一片送给你呢！"我忽然觉得很可笑，所以我就笑了两声；她一直不说话，只是瞪着我；我发现她简直像一只要吃人的狼，唉，美丽的狼！我问她："你今天为什么想到要上这里来呢？你说说看！"她不作声，好像根本没听见我说什么似的，只稍微移动一下，像在等候攻击猎人的山猪。

"假如你不说话，我们应该回去，我要回去看书了——我在看一本近代史。不久以前我看过济慈的《恩迪密昂》，你知道《恩迪密昂》吗？你知道济慈吗？你当然知道，你还知道雪莱，也知道拜伦，对不对？你一定以为拜伦和雪莱比济慈更伟大，对不对？"我看看她，她仍不说话。

"其实济慈比拜伦和雪莱伟大，你知道吗？你一定不以为然，因为你实在太固执了！"我看看她那固执的表情，她的鼻子皱在一起。"济慈是一个 major poet，你知道不知道？他的成就比拜伦高。你觉得不对吗？你不相信就算了，反正同你说这些也没有多大意思——你根本不懂。我现在读的是他四千行的长诗，叫作 Endymion，是一部被苏格兰人攻击得体无完肤的长诗，其实它是相当好的。"

"谁要同你谈诗?"她说话了，"谁要同你谈济慈，你以为你懂得济慈吗? 你根本不懂——喏，这个还你!"她把一片叶子丢到我足跟，起身拍拍裙子，没有表情地走了，往黑暗里走过去。她大概要回去睡觉了，我想。我俯身捡起叶子来，原来就是那片蚀了两个洞的红叶，我十七岁那年从知本山摘回来的红叶，我又高兴又错愕，但我已经管不了那么多了。我想这样最好了。回家以后，我在日记上如是写道：

"她是很对的，今晚她把那片红叶还给了我；她受不了我的演讲——我今晚讲了一夜的济慈——所以她把红叶还给我了。我明天要到那个枫树林去；好几年没去了，不知道会不会找到她的坟墓。我好想为她做个墓碑啊，而且我要把这片从知本山带回来的红叶焚在她的墓前。"

第十一信 —— 万点星光

　　我已经不记得怎么样开始写我的第一首诗了。只有去年夏末送弟弟入学走出黑暗的巷子时我才想到："他十七岁，十七岁离家在一个很远的教会学校读书，那不是很寂寞吗？噢，也许十七岁也是应该独立生活的年纪了，我十六岁时写了"归来"。当晚我问痖弦："你儿岁离家的？"他说当他十六岁的时候，"我从荒芜的麦田里走出来，一直没有回去过。"

　　许多诗就是那样写的。

　　但我的诗都是在我的书房里写的；后来我出版了《水之湄》。我常常想这个问题，我到底是什么时候开始写第一首诗的？怎么写的？是什么力量压迫我嗾使我的呢？我仿佛看到子夜以后满天的星光，感觉到夜露的寒冷，听到子规的啼声。我仿佛看到莲花池里的绿萍，看到鲢鱼游水，看到青蛙和长嘴的彩色鸟。仿佛很多江南的马蹄、酒肆、宫墙和石板路召唤着我，仿佛看到宋代的午桥和拱门，红漆的拱门。

　　那些日子我心中只有自己。一种巨大的自我鞭笞，残酷的责备，不能想象的沉默和孤僻，我写着，并且哭泣。过多的感伤和幻想，我的诗像书房外的绿叶和红花，慢慢地萌芽，慢慢地开放。雨水连绵了一个月，有时我躺在床上拆阅友人的信，听他们如何批评一首新诗，听他们说勃朗宁的掌故；听他们比较艾略特、里尔克和奥登；我把自己埋在野草地上，看小虫蠕爬，看草根的白色和苍黄。我坐在河岸，流水、卵石、沙堆、云影和树叶——他们印入我的心坎——他们永远不灭，他们像每天一定升起的星子一般美好。蕃石榴园的收获季，稻田新犁过的香味，野柳的青翠，神庙的肃穆和基督教堂的绮思——一切孩提的画片似的风景都张贴在我书桌前的粉墙上，我在灯光下写我的短诗，写我的韵文，日子像流苏那么柔滑而缤纷，一条一条数过去，数过去。

我多么厌恶那些女学生的羞态啊，所以我坐在一个小桥边，听着那种香蕉的地主庄园里传出来的鸟声，写我的《水之湄》——

四个下午的水声比作四个下午的足音吧
倘若它们都是些急躁的少女
无止地争执着
——那么，谁也不能来，我只要个午寝
哪！谁也不能来

我少年的傲气是在一排竹子的阴影下奔流出来的。诗人，我的心像初从泥土里冒头的新笋，不知道会长成什么样子，不知道是不是有长成修竹的一天，摩云临风的一天。

那"金色的国度"，那漂泊不完的王国；我每日思想着的又是什么呢？我看到戴盔甲的武士，持长旗，孤独地往不知名的城堡浪游过去；我看到名山的剑侠，从飞鹰和铁马的朦胧里飞跃到朱户和琐窗……永不落下的流星，永不凋萎的花朵，静止的奔河，永生的蝴蝶。

劫掠者自草原上来，像一阵风

那么任性，那么残酷，那么爱挪动

瞌睡里的小愁，而且轻轻吻它。

使残留一些花痕，

像火熄了，小桥断了，马蹄铁遗落满地

而高山雷殛森林的故事啊，大海暴雨的故事啊——我似乎忘了急湍、小径、荒桥、茅屋、番刀、弓箭和贱卖的米酒。它们从我的眼帘前消逝去了，我只能看到蔷薇花开，美艳的春园。我漫走到山野去，试着去嗅知秋天的肃杀；我走向荒村，去感觉冬季的旷凉，苍苔潮湿的蛮荒。

我叩问过读哲学的前辈，诘难过传教的修士，听过寺庵的钟鼓，我写《星河渡》——要求一个转变。诗人啊，你也曾向自己要求转变吗？从甜蜜的短歌走向伟大的序幕。你看到希腊半岛诸神的欢乐和忧郁，我看到高山族人的感谢和怨恨。我们回到最黑暗的没有亲人的一点去，The Heart of Darkness，仿佛听见土著的呻吟，看见瘴气的毒虐、沼泽、石穴、蛇蝎、鬼火。一切陌生的和熟悉的淌向一点，那是忧郁。

是什么力量驱使我们落笔写下那心血的点滴呢？诗人，是什么样的灵光飞穿我们的胸臆？十里平湖绿满天，玉簪暗暗惜华年。我们的悔悟和温情断送给一朵红花，一片凉云。墙头的黄花落，墙角的绿草衰，就是一点灵犀在支持着寒夜香炉的古典，梦见的比看到的多。

你也曾经在古希腊的瓷瓶和古瓮里尝到半岛的沁凉；你也曾在查普曼的荷马史诗里看到新奇的世界，而我迷失于典籍中，伟大的诗篇、仙人的宽袖，维多利亚的残星，它们蒙住我的去向。而我该如何"归来"？像喷泉洒落绿池的声音，在暖暖的春夜里，像杨桃树生长的夏天。从果香里参阅一些醇酒的晕意。彷徨无依。青草河流的鱼喋，枯木荒山的鸟啼，是这些，撞击着我们的心坎，诗人，万点星光沉落在我们的手掌。彩虹的微光，荷莲的暗香，群岛的细浪，巴蜀的幽怨。即使是父亲书柜里一幅没骨寒梅的冷峭，或是芝草兰茎，也都几次在我的残篇断简里沾了彩色的墨渍。

　　而我们追求的到底是什么？美的事务是永恒的欢愉，像夏季温婉的凉亭，我们舍舟去到它的芳香里。它永不消逝。我们追求的是什么？车轮的尘埃，马蹄的浅印。一切都是美的召唤，它就是宗教。我深信永恒的 Beauty——那不死的 Beauty；而它与忧郁同在吗？或者与恩迪密昂的情爱同在？我追求的是你钦敬给查特顿的博大的永恒，那四千行的诗句，如四千行永远不歇的春雨，滴在我的心上；又像四千颗星光，四千朵花草。我匍匐来到，满身雨水，只要求一盆炉火，烘干我潮湿的衣裳。十里平湖绿满天。有一天我将快舟驶进荷叶盖下，细想少年的愚骇和虔敬。

　　华年的月份，我们的"花季"，音乐的花季，笑声歌唱的花季；提琴的旋律，法国号的纯朴。扑翅的鸟雀，丘比特的金箭。

教堂外的风景

　　沿着凤凰木夹道的马路走下去，出了校门，往左转，很快就到天主堂了。那天主堂是墨西哥式建筑，一个西班牙神父的设计。自从雷神父到大度山以后，这教堂就一直那么美好。它有红色和黄色的廊柱，有菩提树，有紫藤花，有黄椰，还有低低的杜鹃花。七彩的石板铺在草地上，像童话里的小宫殿。我们在那儿浇过水，那时我才十九岁，我喜欢教堂，喜欢它的色泽和弥撒；而且我喜欢雷神父，他是一个高大的忧郁面孔的法国人。

　　雷神父第一次见到我的时候说："你不会不相信宇宙间有一个冥冥的主宰吧？"那年我十九岁，刚上大学，习历史；我很疑惑，但我没有多说话。最后一次，一个深夜，是在秋凉以后的深夜吧，我在他的教堂里与他长谈。那时我忙着写毕业论文，正急于离开大度山，我的心在飞跃，在翻滚，一种奔开小天地的情绪随时漫发着。他说："沙特①已经失势了；巴黎的民众不爱他了——因为大家认为沙特欺骗了他们……他的哲学变成一种不可信赖的架构。"他不再同我谈宗教问题了，他觉得他不必；而且他觉得与我谈诗，谈哲学，彼此都要愉

---

　　① Sartre，大陆常译作"萨特"。

快得多。有一次他对我说：

"圣濮斯①"得了诺贝尔文学奖，但他的声名一向在海外，不在巴黎——巴黎的法国人尊敬他，海外的法国人爱他！"又有一次他说：

"马拉梅②以前的法国诗已经有极可观的成就了。"他拾起覃子豪的《法兰西诗选》，说道："你们的学者却说象征主义以前的法国诗都不值重视。你说说看吧，杜甫以前的中国诗难道都不值重视吗？"他很气愤。

我常想，假使他知道有人只要"波特莱尔③以降"的法国诗，又不知道要多么气愤了。他就是这么一个神父，一个爱说哲学和诗的神父。他在谈宗教的时候总皱着眉头，皱纹又深又多；可是他在谈哲学和诗的时候就有笑容了，笑得像一个二年级的大学生，那么关怀，那么快乐。他的教堂就是这样一个小教堂，在弥撒进行的时候，你似乎什么也看不见，只有大幅的耶稣牧羊的彩瓷像，和白烛，鲜花，铃声，酒杯，圣饼，经典，拉丁文，圣歌，赞美诗，黑袍，十字架苦像，以及头上披着白纱，手上抓着念珠穿得很体面的女学生和男学生。大家都太虔诚了；在神的面前，全像着了魔的绵羊，匍匐，膜拜，嘴里不停地念，像绵羊在吃草，在反刍些什么秣料似的。

他们忘了建筑物的美，那彩色瓷像的艺术成就，那彩色玻璃窗上的芦苇和鲭鱼，那窗外的晨光，照在相思树上，树薯叶上，甘蔗林上；那白鸽带着啸筒俯冲而过，那慢慢往篱梢上游的喇叭花。他们都忘了，他们只有神；我不能忍受他们对大地本身的淡漠，所以离开那个天主堂。我变成一个很彷徨没有依靠的人。听到信徒们在远处唱赞美诗，我觉得自己是被大浪冲到沙滩上的一枚很顽固的贝壳，曝晒在日光下，

① Saint-John Perse，大陆常译作"圣-琼·佩斯"。

② Mallarmé，大陆常译作"马拉美"。

③ Baudelaire，大陆常译作"波德莱尔"。

没有人理会的贝壳。

诗人啊，我是不是已经失去我的信仰呢？人是不是全该有个信仰呢？我信仰的是不是宗教呢？在那天主堂的后面，有一个墓园，那是我们饮酒的地方。有一年秋天，我和光中到那墓园去散步，他看到墓志铭和蔷薇，他说：

"蔷薇踮起足跟读死人的墓志铭……"

诗人，你想到有这么一天吗？嘲笑吗？愤嫉吗？都不是的，有一天诗里就包涵着这种无奈，到那时，谁都不知道该怎样使自己保有悲剧英雄的情操——我们已经忘了悲戚，虽然悲戚的黑云笼罩着我们。

> 所有的江流淌向大海，而大海永不溢满。
> 太阳依然升起。

诗人啊，你要怎么说呢？有一天，我和痖弦在暴风雨的窗口饮酒，他的室内潮湿得像航行很久的船舱，他说："写长诗吧，我要写我的香妃。"青冢，胡马，镝鸣，荒草……月下旌旗。流浪的香妃，古代的情调。我们要的是大漠南北的风沙，不要祭坛上的呢喃。我们要求的是"中国的""诗的"，我们要回到东方。即使痖弦这样歌道：

> 温柔之必要
> 肯定之必要
> 一点点酒和木犀花之必要
> 正正经经看一名女子走过之必要
> 君非 E. Hemingway 此一起码之认识之必要
> 欧战、雨、加农炮、天气与红十字会之必要
> 散步之必要

遛狗之必要

薄荷茶之必要

这《如歌的行板》升华的是最忧郁的"无人能挽救他于下班之后……于斜靠廊下搓脸的全部扭曲之中"。那些陌生的感觉，诗人啊，它们对你陌生，对痖弦陌生，对我也同样陌生——它们与你隔的是时间的白雾，与我们隔的是空间的黑烟——诗人，而你如何解救他们呢？

"我们并不是世界上仅有的耕耘者和罹难者。"你说。全世界的人都掉在一种造物主所不能处理的困厄中。十九世纪，二十世纪；西方，以及东方。

而人类的悲剧是全面展开的，没有侥幸者。从神父漂洋过来的皱纹，从忘却自然的信徒，从墓园的蔷薇，野战医院和红十字会，涨价的白杨木和洋钉，香妃，一直到婴儿之死激起的鬼雨，悲剧是全面展开的——而最大的悲剧在哪里？伊迪帕斯？三闾大夫？哈姆雷特？朱丽叶？或是王文兴那寂寞的穿越铁桥的小学生？

关于这教堂外的风景，造物主如何解释？

炉边

在温暖的铜火盆旁边，我逐渐了解"庄严"的意义。诗人，我永远不能忘记那个风铃轻摇的夜。她伸手越过微火，把方思的诗集递给我。"读夜吧！"我这样说，天上的星子隐进去了：让我们读方思的夜，在那些句子和段落里体会"庄严"的意义，在那些哲学的含蕴里品尝诗人的心情。

火炉一夜都不灭；第二天起来，加些炭木，我们再围坐在镶雕玲珑的火炉边吃瓜子和花生。一壶水摆在炉上，我们轮流读诗，水就开了。我们饮热热的茶，我们把菊花吹开，轻盈的芬香。昨天到山坡上去的时候，我们曾经发生争执。我在火炉边问她："你捡那么多松果做什么？""不告诉你，"她说。昨天刮大风，树叶拼命地掉，从山坡上看河水，像有一层烟雾盖着水面，又像鱼鳞闪着微光。我们缩着脖子去爬山。

好大的风，即使我那时双手抚在火盆上，也觉得冷风吹在我的额头。我觉得她的长发已经吹散了，两颊通红，还有那冰凉的小手，我说回去吧。那云浓得像三个春日都化不开似的，我绝对不相信她喜欢那片云雾。烤火的时候，我把方思的诗集递给她，她说，你真好。方思是有深度的诗人。我告诉她，你如果要了解庄严的意义，你就读方思吧。真的，诗人，你想象得到中文里有罗马尖塔的情调吗？巨大的石柱、广场、喷泉、大教堂的情调。

起初，大家都说方思是个太晦涩的诗人，说他"欧化"，也许是因为他写了许乡德国背景的小诗，那却是他最好的诗的一部分。他描写哲学家散步的小路，描写桥头堡的苍茫，河水的流撞，和德国青年的迷失。但他乡的是没有背景的好诗。譬如他的"港""夜""树"和"时间"。他能透视时间的奥秘，也能揉合空间的神奇。他是读过许多书的诗人，也许你会觉得他 bookish，但他有时做得不露痕迹，这全因为他确实是一个理解艺术原理的艺术家。譬如他的"港"，以一只飞鸟逝向空无来解释生命的讯息，那会使你想到比德（The Venerable Bede）的哲学："生命是一片空白，一只鸟从 A 端飞来，绕了一匝，向 B 端逝去。"

我不知道为什么会喜欢他的诗；他是深思的哲学性的，他的诗中没有诱人的红花绿叶，只有生长挣扎的树，是的，是一棵向上仰望，祈祷的树。你无法在他的诗中看到帘里的古典美人，但方思创造了另外一种古典——那是希腊罗马的荣光加上英德文学的执着，揉合了中国二十世纪知识分子的沉痛和悲哀，以及漠然。那是方思的古典，这十年来最冰冷的艺术。

她在读夜的时候，并不曾听见风铃的叮当，被方思的古典和沉静引入维也纳森林。火焰缓慢地摇晃，炉子热了，室内温暖得像五月的果树园，好像荔枝的香味充溢着重悬纱幔的小室；好像节辰的酒香。诗人啊，是什么敲开心灵的纤手在针织一个炉边甜蜜而温馨的黑夜？是什么乖巧玲珑的仙子在爱情的眸光中舞蹈飘飞？

伟大的诗神，赋予一个漂泊的灵魂。向一个美人宣称：希腊的荣耀啊，罗马的伟壮。

那是我们所最向往的和谐境界，那是人性最完美的升华，古典的庄严，欢乐的天地。而冬风在院子里吹着，水波在墙垣外涌动。落叶惊走，满地冰凉的霜露。她在火炉的另一边，把诗集交给我，交给我一个灿烂的星空，一个井然优美的世界。

多可爱的宁静，多甜蜜的宁静。在这个匆忙的世纪中，能静静地坐下来，自由自在地看夕阳落，看晚星起，你说那不是幸福吗？那几天我心中总惦记着一件事，但我没说出来，因为我在炉火和音乐中已经晕眩过去了。人不能太舒适，也许这也是对的，人总该多遭遇些挫折，也许患难颠簸真可以造就个性。我们太年轻了，还不知道什么是真正的苦难，更不必论忧郁了。我想的就是你，诗人，离开伦敦的冷雾，去 Isle of Wight，去高地，去马罗，或者如同华兹华斯那样遁向湖区，追求宁静。我才了解为什么声名是可以抛弃的：我也了解生命本身的意义。人应该好好保护自己的性灵，人应该善待自己。

我永远永远都会记住那种完全开阔的生活，那种天然的情致。她拨着炭火，把炉子移到我的脚边。火花飘飘地唱着。是的，它们唱着一支歌，低低唱着一支古老的歌。在炉边，当冬夜渐渐深沉的时候，我们就能体会出什么叫作和平，我们就知道为什么人类是爱和平的。但许多人都忘了那种宁静，抬头看窗外，偶尔也有一颗爱冒险的流星，那么愚蠢，那么孤傲，把自己焚烧在平静的夜空里。为什么它不好好地留在天上呢？为什么？你也知道，世界上多少人喜爱偶尔仰首的时候，看见一颗孤星悬在云雾雾气间。但它落下了，因为它不爱寂寞，爱冒险，爱那一刹那使人惊呼的虚荣，把自己焚成尘埃。她稚气地说："看啊！一颗星——"但我怕它会突然滑下，滑进深深的冰冷的海底。

但在火炉边的时候，我们就可以淡忘这些，我们释去许多牵挂，因为那是完整的宁静和和平。我们对坐下来，熄去一盏灯，默默地看着彼此，手放在火上，轻揉对方的指头，轻轻地笑。

有时我们也可以听一支音乐，只要我们忽略了火花低吟的老歌，我们听到流水哗哗地逝去。我真想让你分享那种美好的感觉。是的，那一夜，我们沿着红墙走到多风的石桥的时候，我一看到那河口，看到水中的灯光，就想起那个大草原的描绘者，音符的奥义。夜里，我们对坐听他心血的精华，那种岑寂和哀愁。

> 浴于音乐的波浪的
> 跃于小羊的四蹄的
> 开在古昔的梦的，浸沉于内心的熔浆
> 永恒如冷峻的岩石，这一切就是现在

这是大理石一般的胸怀。古昔的梦，冷峻的岩石，在憧憬中浮着沉重的悲哀和恐惧，我们活在现代，梦想着古代，诗人啊！我们在时间的烟雾里浩叹。

浩叹也罢，在诗中，我们可以得到心灵的医疗，也许她会反驳我——当她从山坡上下来的时候——说那是一种逃避，而我宁可说那是期待。时间是无边的，可是我们可以安然从它的阴影下逸去片刻——那就是我们心灵的宁静和平安，那就是艺术和音乐给我们的福祉，那是爱。

江水在窗外静静地流，多少人在那水湄蹀过，那水流却冲进我的胸臆。不去想它时，我可以平静下来；一想到它，就有一片片微波从我心中涌起。坐在火炉边，我想，我这一生怕难有多少那么清闲的时刻了——身体和心灵的休止，浸入艺术和爱情的高贵和甜蜜。我离别那小镇，到一个寒冷的山上去，我说，"今夜你会听见叠叠高升的祝福，那是冷峻和崇高的天籁，你记住古典，高贵的真谛，然后，你闭上眼睛——在你床上——爱琴海边，泰伯河畔，多少神话，多少传奇，都为你的困倦传诵着"。

作
别

山的形象已经非常暗淡了，海涛月波恰似奔走的清风，在蒺藜丛中消逝。从乱石间觅得一条攀升的小路，仿佛水底的鱼群都在歌唱，唱一支蓝色不可解的老歌；仿佛深夜的菊花正在悲凄地啜泣，为灵魂的游散啜泣。身边是葛藤，是荆棘，是荒辽的空虚。诗人，这是我写给你的最后一封信。

不能把握到的我们必须泰然地放弃，不论是诗，是自然，或是七彩斑斓的情意。第一次为你放歌，为你描摹的时候，夏日的芦苇草长得高高的，绿得正好。夕阳从砖房的窗格子间流尽；我想在泥土的芳香里捕捉丝丝飞升的旧梦。啊，旧梦而已！我怎么能否认，那次坐在草地上看蒲公英飞散种子的神奇不也只是一种追忆？我怎么能否认，当我一路吟诵你的诗句踏雨探访一座小树林的时候，不也是尝试去捕捉奥菲丽亚式的疯狂而已？那些都是我要放弃的；群山深谷中的兰香，野渡急湍上的水响，七月的三角洲，十月的小港口；就如同诗，如同音乐，厚厚的一册关起来了，长长的曲调停息了。让我们把古典的幽香藏在心里。

多少年来，朝山的香客已经疲倦，风尘在脸上印下许多深沟，雨雪磨损了赶路的豪情。我也曾经在盛唐的古松下迷恋过树荫，我也曾经在野地的寺院里医治了创伤；我在猎人的篝火前取暖，在野兽的足印里辨识唯一的方向。只因为遥远的地方有肃穆的诗灵——而我已经疲倦，倦于行走，倦于歌唱。水流星影，雨打荷塘，让我归隐到我檀香氤氲的书房。

我怎么能再流浪下去？诗人，我怎么能再幻想苹果园里，异国的院子，也会有一个子夜寻访的连琐？大理石砌起的广厦里会不会生长一株忏悔流泪的绛珠草？蛮荒的向往已经终止，武士的幻梦已经流逝，不再是西欧洲落拓的游唱诗人，不再是南北朝蓄意落第的士子；我只是偶然间奔进了等待的境地，在盎格鲁·撒克逊的兵火海涛中迷失了方向。我迷失了方向，诗人，鸟楸在你的四周哀号。南十字星不再从我的面前升起，我是不是要溺在这无苇可航的江水里？

两年在爱荷华城的盘桓即将结束。又是一个树荫满城的夏季了。我目睹院子里那几棵欣欣向荣的苹果树抽芽、开花、落英、成伞。我目睹蒲公英金黄的卑微逐渐消融，过了五月中旬，花朵褪色，转成雪白的粉末，到处飘零；然后郁金香就开了，在绿草地的中央。现在六月的酷暑傍留在人家的烟囱上，在千里外花莲纵谷的小烟囱上；我感觉我竟是一个逃避的人！不久以前赶着整理一册译诗，我每天下午都坐在院子里埋首工作，飞鸟和松鼠的诧异变成耽留异国的学生的讽刺；我不知道在别人的民谣和旋律里，到底能不能为自己找到宣泄愁绪的路。

而我事实上已经很厌倦于思维。我感觉到彩虹的无聊和多余，我体会到春雨的沉闷和喧闹；我已经不再能够掌握鸟啭的喜悦了，看枫树飘羽，榆钱遮天，那种早期的迷恋也会荡然。诗人，这是我写给你的最后一封信。

第三辑　陌生的平原

秋雨落在陌生的平原上

　　还记得昨天拂晓车过盐湖城，那四周平坦的大地使我以为是舟行湖中，或是海洋，或是沙漠；但那只是"遥远"——有一次瘂弦对我说："遥远，什么叫遥远？到了河南以后，平原无际，你才知道什么叫遥远。"秋雨落在陌生的平原上，我已体会到遥远的涵义；不在河南，不在湖北，而在异国一个藉藉无名的大州。而那"遥远"两个字已不只是两个方块字。那里隐藏着被剥夺和被压抑的无奈；我仍不停地怀想着一个又一个饮茶的下午，和挂悬竹帘的窗。

　　雨水也是温暖的。但那是异乡的雨水，落着，落在外邦生长农作物的土地上。几天来看到的和听到的，都是些陌生的点点滴滴，那绵亘一派土黄色的洛矶山风景线，也是破碎的点滴，如同石涛的画，或是王粲的诗。我所掌握到的浮光再也营养不了自己，只为看不到的、听不到的万里以外的一草一木与怀生悲——更不用说羽毛河的深渊和内华达州苍凉的沙原了。闭起眼睛来，最清晰的仍是北台湾俯瞰时几分钟长如永生的翠绿和黛玉。江山如画，乍离时，心随上扬的机身做等速度的下降。接着我们只有不可分际的蓝天和大海，几朵浮云，也如家乡小溪流里的游鱼。

　　我们在邻座一位学植物病虫害女生的啜泣声里苏醒过来，打开窗

105

帘，有人说："那不是地理书上的琉球群岛吗？"罗列地罩在黄海面烟云中的琉球群岛，像是一丛积苔的卵石，像一个小池塘，那年春天，一个小池塘所呈献给我们的惊讶。也在那春天，我们行过金门岛最宽阔的一片沙地，执着芦苇秆，以军官的姿态指挥着一个现地沙盘的制作，偶然发现一方小小的池塘，和塘上积着几个秋季的野草。平龢说：假如我们还可以在黄昏时候来这水边垂钓？阳光在琉球群岛浅浅的水湾上垂钓，试探着初秋东方海面的凉暖——而我急切地想念着另一个越行越远的小岛——在那岛上我饮过高粱，在坑道里谈可笑的莎士比亚，取笑古典，也取笑自己。铁蒺藜的颜色，六零炮的气味还那么浓烈地遗留在我们初行的人的手上，战争的阴影，粗犷的梦。

临走的一个早晨，秋凉的金门，马路上铺着麦秆和黄金的收获。生命的转折是寻不出预兆的，而且你不知道，那时你该告诉谁，我仍有一个"古昔的梦"。花开在土地庙后的包谷田里，牛羊鸣叫着，在浅水湿漉漉的河边。又是多少个下午，你坐在石堆上展阅远方的来信；又是多少个昏夜，你躺在碉堡背上，熟记炮火上的夏天的星，秋天的星。草莓已经采了，第一坛草莓酒也醒出来了，点起灯来，说些白天的笑话。那阵地里的野草我们践踏过，修葺过，也睡过。春天的时候，山坡上开满了白色带刺的花，穿草绿制服的军官也为白花零落而低回吗？风起处，落英纷飞，着意读诗的大学生也呢喃念着伤感的葬花辞吗？

我们在冲绳降落。白花花的太阳照在四周的营房，稍远的沙滩上，熙攘地追逐着美国兵士和他们穿得太少的操日本英语的伴侣。东方的宁静被蹂躏得失去了踪影。我乃想起了俳句和寺院里的禅理，我们看不见一丝亚洲人的尊严。也同样在一个沙滩上，在另外一个梦寐重返的小岛，我遇见一群捡小鱼的村姑。她们在海潮上涉行，傍着铁丝网的沉重，那是中国，我们的家。我多么怀念宜兰海滨苏澳港外没人知晓的自然，更纯粹的浪，更优美的山陵，海鸟低低飞翔，从一个树林，到另外一个树林；多深奥的花莲山岭里的猿啼和鹿呦啊！还有大度山的树薯田，北投谷里醉人的柔气。天地的变动原来自神鬼自动的移位，一次聚合，一次分离，都没有预兆，没有凶吉。

云影下的冰雪大山已不复故土。寒气使你回忆到掌灯从龙蟠坑道步行回到虎踞坑道时冬季的冷洌！三分酒意，七分诗情，再也不知道身置何方，风声里的松林如魔爪窥伺着夜行人的心悸！夜淡得像一杯酒，秋蟹已经过去了，令人思有茶。和着夹克睡眠，夜梦一片玫瑰花园，红色的，黄色的，紫色的，绿色的玫瑰。北美洲的冰山严峻，如我们古代的董源。云下是城，城里的叶子都转红了。越密苏里河，入爱荷华州境时，秋雨落在陌生的平原上。我心里的知更鸟不停地唱着：雨啊，下吧，把一切羞辱洗净，下吧。火车里的人多在打盹，有些中年人在看省城的报纸。后座一个学生模样的女孩则不停地吸烟，望着窗外的雨水出神。

窗外已经是爱荷华州了，奥玛哈城载退载沅，终于隐退到一片塞尚风格的树干后面去。那小城有许多美丽的教堂，我们经过的时候，正是清晨，在一个小教堂前坐了许久，天是黯灰色的，行人稀少。火车经过一望无际的收割过的玉米田，经过白色的农舍，经过雨中的河流。想起旧金山唐人街谦逊过分了的外表，那龙凤的雕琢难道就保存得住三千年的文化吗？想起犹他州的荒漠，灰黄的土山，仿佛有意无意地诉讼着，比赛谁能在风雨飞石中站得久些。爱荷华是一个农业州，在雨中流露出一种满足、安定的神采。安格尔教授来接我的时候，我说：

"我沿途看到绿油油的平原，雨落在上面——秋雨落在陌生的平原上。"他在滴着雨水的树下，高兴地笑道："那使我想起去年四月在台湾的感觉——我从台北到台中的时候，从火车窗内望出去，台湾的农田也正在春雨下。你可以放心，爱荷华和台湾一样美丽。我心中一颤，低念起："虽信美而非吾土兮。"但他是很诚恳的，他有一首诗收在新出版的诗集里，题目就叫《台中》，最后一句是：

"在台湾，甚至雨也是一个妇人。"

那是台中盆地第一次被人格化成为一个妇人。盆地不自觉，我想它还是和一年前一样，不停地生长着稻米、甘蔗和果树；美丽富足的盆地。故土，故土，你可知道，而今，秋雨落在陌生的平原上。

　　人对时间和空间的感觉往往是错乱的。有时我觉得我们已经分别很久了，有时却觉得只是昨夕，甚至今晨，我们还在一起；有时我觉得有万里白云千山百水横阻在我们的面前，有时却只感到非常亲近——仿佛还是邻居，甚至幻想你们就住在门外的山坡上。一个碉堡连接着一个碉堡，一个哨站招呼着另一个哨站，这么密切地连在一起，彼此照应，安慰着，鼓舞着。也许这就是最真切的生命。

　　已经是严冬了。爱荷华城正在一片收获以后的玉米田的边缘上，一条出名的河横流过，河上也都结了冰。自从去年十一月底开始，冰雪一直占据着这个小小的大学城。说起了冰雪，也许你们都淡忘了，也许有些人还没有经历过。但那种美景是可以想象出来的。记得一个十一月灰蒙蒙的下午，我坐在室内看书——看的是一本外国人讨论中国传统山水画的书——对着玻璃窗，忽然觉得眼前一阵明亮，抬起头来，原来已是白雪纷飞了。雪落在人家浅绿色，棕黄色，乳白色的屋顶上，雪落在掉光了红叶的大榆树和老枫树上，落在路上，落在整个大地上。不远处那座红砖的教堂淡下去了，雪越落越大，第二天早晨起来一看，这世界已经变成一个银色世界了。那一刹那的惊喜是我毕生难忘的。最近我已经了悟"刹那"对恒久的影响，那种无意间的撞击，往往使一个人长久地记忆，永远都忘不了。

　　几个月来我一直生活在无可奈何的忙碌里，读书，上课，没有一样像在国内上大学那么轻松。这个大学很大，校园很广阔，很古老，很优美。初来的时候正是深秋，满城的树叶都在慢慢地转黄，转红；突然一叶落地（黯黯梦魂惊断）！风起了，秋残了，叶子在一星期之内都掉尽了。校园的走道上铺了一层落叶，学生走过的时候，总发出沙沙的声响。秋季的爱荷华城，最忙碌的不是白头发的教授，不是穿套头毛衣的男女学生，而是穿淡蓝色工人装的扫叶人和加紧觅食的松鼠。

　　松鼠是我来美国后最觉得欣喜的小动物。美国人也喜欢饲猫喂狗，而且常常把一只贱猫养得白胖白胖，像一团绒线球似的——这也是我不解的一点；美国人花那么多食料来打扮一只猫或一只狗，却让南方几州的黑人同胞挨饿；他们往往喜欢一只狗远甚于喜欢一个黑皮肤的"人"。松鼠就不同了，松鼠不要人来照管，也不要人来表示亲善，它们住在树上、草地上；美国人不像我们那么重视铁笼子。在中国，我们总是把松鼠关在圆滚滚的铁笼子里欣赏，施舍点生果和水给它；在美国，人们让松鼠到处乱跑，校园里，马路边，有大树绿草的地方就有松鼠。而美国的松鼠也真大胆，有时你行过一排树木，它们就在低低的枝丫上瞪着眼睛看你，好奇地看得你不好意思起来。校园里不乏几片大草坪，初来的时候草犹翠绿可爱，上面植了很多古老的树木，松鼠就在草坪上追逐。学生匆忙地夹着书换教室，都不太理会它们，我趁着没课，曾坐在石阶上看了几个下午。

　　现在天冷了，松鼠都躲起来了，也许开春雪化以后，它们会出来晒晒太阳，看看久违了的青年学生们。自从下雪以后，爱荷华河就一直冻着，上月我走过桥上的时候，还看见有人在河上滑冰呢。这里的冬天也多雾，前几天我下课走出艺术馆的时候，就曾经遭遇了一片浓雾，光秃的树丫印在茫茫的夜空上，像李成、郭熙的山水画，桥上也是湿淋淋的。一路上我不停地想，这种气候是不是和我们中国的北方一样呢？

来美国已经四个月了，离开你们也半年了。我还记得临走那天，金门的七月尾，你们正忙于修工事，我来不及向你们道别就到了尚义机场。海湾是蓝色的，平静的台湾海峡里飘荡着几条渔舟。我离开金门的时候，根本想不到此后的生活是怎么一回事；我以为至少还能回去一趟，和你们大家喝一杯。我最记得一年前的冬天了，大家挤在小碉堡里煮螃蟹，喝老酒；屋子当中烧起一盆柴火，听你们说些家乡过年的习俗。你们看我年纪轻，总爱拣些沙场上的故事来吓我。一个说："我在战场上的时候，耳朵冻掉了，拣起来贴回去，才知道拣的不是自己的，是身边一个死尸的耳朵！"一个说："你上战场可不能打抖，要挑枪林弹雨的地方前进，我们才会服你。"几瓶老酒，几包金门花生米，加上一罐结冻的军用扣肉，常常吃得我们眉目不清，马灯暗淡的光芒下，我得到许多我在大学里最向往的生命的真义。

我们曾经在一起欢笑，也曾经在一起忍受艰苦。夏天的机场施工，烈日下的汗滴，把我们的脖子晒成咖啡色，脱了一层皮，再脱一层皮；我们也曾经在一起担负黑夜的警哨，在野地里用生疏的口令来往，真枪实弹的把戏，谁也不敢出错。种西瓜，收获西瓜；种玉米，收获玉米。时间飞逝，我离开你们的时候，高粱田上只剩了秆子，玉米田里可还有些青翠哩！尤其是那片片缺少水分的落花生，我到现在还是耿耿于怀的。吴丹的黑狗是不是又有孕了？第七班的那条猛犬还咬查哨的军官吗？班长假使教不乖它，何不宰掉打牙祭算了。冬天的东碇岛想必是很冷的，海风一定很大，你们晚上还有时间打百分？我们遥隔万里，在两个完全不同的天地里，但我还是想念着你们。

天黑起来了，微弱的星星照在皑皑白雪上；一列火车正经过这个小城，其他一切都是静的。我们马上就大考了，同学们都在啃书。在外国读书不比在国内读书，从前觉得考坏了，至多自己丢脸，如今假使考不好，中国人的脸也一起丢了，更得加紧用功。最近我常常想到你们，我的伙伴们，你们还记得我吗？我在遥远的异国为你们祝福，又快过年了，我真怀念我们连长的胡辣汤。

坐在宽阔粗糙的石阶上，可以看见八条白色的石柱。多少年来，我想唯"伟大"二字可以形容希腊式建筑物的石柱。一个午后，阳光随着季节的递移，正在逐渐微弱中，那迷离的浅影外的，不只是一座大学院，在石柱的影像中，摇荡出来的是一种期待的美，是初民的虔诚，是希腊山坡上的一座海神庙。

爱伦坡有一首诗，结尾一句是"回到希腊的光荣，和罗马的伟壮"。那诗中对于海伦的讴歌已经慢慢淡了，而从马罗①（Christopher Marlowe）以降，诗灵对于古典的赞颂却一直延续着。其实，我们所捕捉的何尝是蓄意的永恒呢？只不过是刹那的纯粹罢了！湘夫人之目，渺渺兮愁予，洛神的衣香烟霞——在一两件微小的事务中，人类掌握到了生存的意义。那是无声的音乐，无法追及的，也是永不消退的。

而我现在也震颤于一件纯粹之下，也许是梵谷的风景，也许是马内的水色，也许真真确确的是一种风雨的集合，许多缤纷繁复的形象的集合：哲学、民主、悲剧和战争……我可以听见地中海的涛声和风语，它们在悼念无穷尽的文艺的灵魂。失去了的桂冠、酒香，失去了

---

① 大陆常译作"马洛"。

的橄榄叶、情语，以及时代的足印和蹄痕。文明历史的逸失恰如一声叹息，中国苍老，蹒跚，仍不忘记它的思想，思想，思想。中国如一株老树，负荷不了过多的智慧——那树丫上沉沉的叶子。千百年的孕育，只落得满地腐朽。

在灰白色的石柱上，那裂纹里，希腊隐藏着，希腊隐藏着，低声呐喊，鞭打着西方。智慧的美妙就因为它生动而不断地要求复活，转变。季节在转变。那天上午我行过校园，满地的落叶，飞着，跑着。那时我才体会出"秋天"。最永恒的也许就是那最无法理解的自然。春光、夏日、秋风、冬雪，都在自然的安排下生动地转接，不停息地复活，许多复活。人类却没有学习到自然。我告诉住在北投的友人："记得什么日子里，会满天落叶，行人走避吗？"我坐在石阶上诵读盎格鲁·撒克逊时期的"浪人"诗，风击打我的衣裳，风打击整个伟大的建筑，叶子从各种乔木枝桠上迅速地飘落，穿过细枝，穿过稀薄的晨雾，穿过八条白色的石柱，落到台阶上。我看到枯萎了的满墙藤蔓。

初到小城，第二天就看到微雨中的大楼，爬满了许多墨绿的藤蔓；谁知几天以后，就轮到我来细数它们的逸失。校园的一角有一座供给毕生沉思冥想的小教堂，背后是出名的河流。河源于平原的中心，缓缓东南流，灌溉了千顷玉米田，流经爱荷华城的一段，被人架上了几条钢板桥，其中最美的一条是"足音桥"，把诗和艺术的学生沟通起来，右岸有许多树，植在平平斜斜的绿草地上，水边有貌似杨柳的西洋灌木。那教堂在左岸网球场的南沿，教堂上爬满了藤蔓。虽然那教堂维持着些宗教的尊严，却在秋风起后，在藤蔓枯萎了以后，自然地展览着宗教的颓丧！

那几天，当秋风最紧的时候，我们曾在右岸的松柏树下谈诗，说诗人的闲话。我们都知道不久河上将流着浮冰，不久雪将绕沿这片青草坪。后来黄叶铺满了艺术馆的门槛，几次在天黑时分下课出门，看到河水愈变愈暗，树叶愈落愈稀；暮色正好在枯枝后映照着满天的无奈。有几次和文兴踩着埋跫的枯叶回家，那沙沙的声音太醉人，使我们不能不强制自己沉默下来。在桥上，看见秋月初升，悬在生物大楼的房顶上，枝叶掩映，文兴说："美得教人无法深信。"

满墙的藤蔓都枯了。那藤蔓先是从墨绿转成暗红，孱弱地依附在砖头上，忽然叶子也在一夜之间掉尽了，只剩些细枝定定地爬在墙上吃力地喘息，似乎在等待春天。它们使我了解，为什么从前的人那么强烈地向往春天，盼望春天；在台湾长大的人，不知道什么是春天。而这些零落枯萎的现象却是千年不变的。一种艺术的兴隆和败坏，正如同植物，永远不停地呼吸——即使在最干瘪的时日里，也有一线生命，在地下维持着另一个季节来时即将上升的希望。只有眼前的寥落和寂寞使人觉得荒凉罢了！

车过密西西比河

那天黄昏，我们的火车"鹰林号"经过了密西西比大桥。大陆性的冬季，难得在雪积满了以后，天开朗了些，夕照濛濛地射到平原上，穿过乌云和一些落过叶子的树枝，照在大河上。河上浮着碎冰残雪，看不见一艘船，钢架大桥横在上面，许多车辆匆忙地赶路，酱红的暮色里没有星，只有风吹着，吹乱了河边许多枯了的芦苇草，把漠漠灰白的河色搅乱了。

对岸的"达汶坡"城已经有些灯火，烟囱和楼顶矗立起来，把一个河岸的风景点缀得非常寂寞而忧郁。我紧靠着玻璃窗看那城景，看河上迷茫的暮色，没有归鸟，没有渔唱——如果是江南一个铺设青石板的古城，如果是在中国，我们领略的将更多，更好！我心里想：而这偶然的一瞥多像拉哈玛尼诺夫①第二号钢琴协奏曲的旋律呢，陌生而甜美，永远无法进入它的世界，永远诉说着凄苦和流亡者的悲哀。

异国的云彩晚霞也是水彩画家笔下的颜色而已，那么轻，那么淡，我们永远抓不住它的意义——如果真有意义，也只是些自己心灵里沉思过的破败的记忆罢了！河宽若干哩？对一个远行的学生已经毫无涵

---

① Rachmaninoff，大陆常译作"拉赫·玛尼诺夫。"

义！河流若干哩，经若干州？那水量灌溉了多少农田？发了多少瓦特的电？我们茫然不知。我们所能抓住的恐怕只是那泄进车窗里的一点霞光一点灯影而已。

我想起了北淡线上。也不只是那次车过密西西比大桥我才想起了北淡线的风光。我常常奇怪，为什么我没有办法牢记住苏花公路和沙鹿附近甘蔗田的景致，而总让北淡线上蒙着深深的温泉气的情调，在梦里浮现？那柳荫下的田舍、木桥、石亭、绿林、农田，总像成年人的宿疾似的定期涌现。如雾起时，行过养鸭人家的沙洲，拾块冲积多少年代的卵石掷入碧水；如盛夏的水圳，行过一两个戴着竹叶斗笠的村姑；如那细雨的冬夜，在水边，默唱着山塔露淇亚，我们将归来，带着满口袋的珍奇。或是爱情，或是雨季里挣扎攀升的一根爬藤，在砖石的堡墙上感伤地写下一句一句怀念的字。

落过一阵雪后，人行道旁的草坡堆起了尺许的棉花墙。越过洁白的冷意，把领子拉紧，我们也曾经抖索地说："回去吧，难道你不想你亚热带的岛？"难道你不记得海浪涌打着土敏土防坡堤时候发出的亲切的吼声？在异国叠架的石桥边驻足的时候，眼看陌生的江山属谁，你难道不想起，在山之阿，在云海的边缘上，有千年的松，有红桧，有扁柏，有昙花，有谷兰，有你所亲近的东西，正微弱地招呼你，归来，归来。雪落了几天，想起了北淡线上连着荷花塘种植的一排木棉。

又有一些夜晚，在北淡线上，我们倚靠着粗糙的石阶谈论诗词。"雨中黄叶树，灯下白头人。"那彻响天际的籁音已经不是风，不是雨，是沉默的馨香，贯注到即将远行的学生的血管里，在别后沸腾，奔流；车过密西西比河的时候，我掏出口袋的卷子，仍是那温软的两句："十里平湖绿满天，玉簪黯黯惜华年……"

若教雨盖长相护，又将如何？做一对飞禽水鸟？做一群不知多寒的游鱼吗？或是宁可像枯萎了的莲蓬在秋风下腐烂，沉没，化为泥土。

可爱的泥土啊！在北淡线上，我们曾经爬上最神秘的山林里去，茸茸的绿草，在相思树下生长，山谷里结着旷古洪荒的草莓，我们只能在崖上观望，恨不能化为一道冷泉，向乱石深处流泻，去到那最幽暗的大地的怀抱里。草莓的旧事已经消融，融到一些愚骏的乱梦中去。我们已不复看到竹帘和牡丹花的茶壶，我们失去了东方世界的悠闲，只留下满脸加深的皱纹和逐渐沉重的书卷，我们真需要书卷的浊气？或是我们只是恋恋不舍塞上诗里荒寒的放逐情调，把自己蓄意变形，使自己陌生、苦恼、孤立。回到城里的时候，看到些陌生的信。从一个温暖芳香的土地捎过云烟水波寄来的信。我仍想念着密西西比河令人颤抖的暮色，和暮色里荒芜的空林，以及没有鸣禽、没有走兽的冬季。杜鹃花绝不在腊月开放，想那必是一朵去年春天摘下的杜鹃花。为什么我抓不住一点点三月山坡上应该有的芳香呢？北淡线上的水景，那河岸的树荫，那鱼网背后的浪花，以及船舶。

　　最近我常常想起了"北淡线上"这四个字：想起自台北东站一直到淡水海岸一段破破碎碎的路程记忆，虽然每一片树叶上书写着富足的字眼，我却只能摘下一片比较枯黄的叶子，上面写着记忆。记忆的不再是北淡线上的柔情甜蜜，也不是林叶道尽头的风采，而是东部山地里一幢矮矮的稻草房，以及稻草房里透露出来的几条晕光。那昏黄的菜油光令人流泪心悸，那昏黄的菜油光使我在经过密西西比河大桥的时候，在看到芝加哥夜景的辉煌的时候，如同仅仅经历一场噩梦。

　　最清晰的该是什么？孩提时候的酸酱草吗？上初中时候的柿子林吗？或是上高中时候沉思默想时"开出的花朵"呢？那些都不是，那些少年时代的事，都像雪花一般短暂而无从把握。北淡线上的富饶使我看到花莲山地里的贫穷；而爱荷华平原的安定，又使我想起台北盆地收获季的平凡。也许我们应该往南看，台中、嘉义的稻米，屏东的蔗糖，也许那连天的农作可以安慰一个学生的乡思和愧意，也许安慰不了。而我在一百多个晨昏的体验里，如今想到的台湾，已不仅是它的青山绿水或是上元灯夜了，却是它的农田，它的村舍，那最简单的竹篱内所居住的民众，他们的想法，他们的视界，该也不只是河滨晓雾的诗情或画意吧！

田园风的乐章

（寄给伯武）

夜莺开始唱了，在一座大森林的边缘上唱，从枝头跳到腐朽的栏杆，似乎只为多踢下几颗暴风雨后的水点。地平线的乌云很快地撤离，把天边的平静让出来，教黄昏星开始闪烁。

你记得徐志摩怎么描写济慈的《夜莺曲》吗？他写到最后心烦了，说：假使你们没有机会去伦敦听夜莺的歌声，你们不如到贝多芬的《第六号沁芳南》里寻觅那天上的籁音。想到我在大学里钻研浪漫时期的英国文学的时候，曾经屡次嘲笑过徐志摩的"迁腐"，如今也有几分歉意。最近这些日子，我们都感觉春天的脚步近了，我每天都在听贝多芬的《第六号沁芳南》，那田园风的乐章。自从迁居以后，我住在一个阁楼上，少聪笑我是"楼顶间的诗人"；但这阁楼的窗子却开向爱荷华城最美的一片风景。

文兴在这阁楼上住了一年，写了几篇小说，读了一大批书，译了若干首唐诗，他常常谈他的："打起黄莺儿，莫教枝上啼；啼时惊妾梦，不得到辽西。"我每天看他摇摇晃晃地爬图书馆的楼梯。二月初，爱荷华城风雪最大的时候，他和先勇都得到了学位。文兴住下来，一住就住了一个月，写了一篇长长的小说《龙天楼》，他离城那天中午，我去车站送他。先勇一向晚起，所以那天送他上车的，除我之外，只有一个中国女生、一个法国女生和一个美国男生。那法国女生名叫玛格丽特，说起英文来和说法文一般难懂"晦涩"！我们在冷风的车站挥别，这种大分离中的小分离，本来也没有什么哀人的。可是汽车扬尘开走以后，那中国女孩却啜泣了起来。啊，我终于了解，原来大分离容易忍耐，小分离却使人伤感。

后来我迁入他的阁楼，就是我现在住的这个阁楼。我把原来咖啡色的窗帘换了一副淡绿的，书桌、床铺和书架都换了一个位置。这一住一个月也快过了。窗子外的风光特别教我欢喜，我常常一边听音乐，一边看书，偶然也抬头看看窗外。

你一定很熟悉，雪下大了以后，窗子有时几乎是封起来的。但难得阳光出来以后，玻璃上的水汽蒸发了，我就可以清清爽爽地看到整个爱荷华大道的景致。正对着我的窗户，有两棵很老很粗的老榆树，如今绿叶尽凋，只剩细枝飘摇，树身那么粗糙，使人怀疑它们到底经历多少风霜；那些细枝只合曹孟德"毿毿"两个字来形容了。雪大了以后，它们洁白得像婴儿的手指，或是琴键。树下是一条小河，如今这小河是我的寒暑表，我每天看着它的面貌来穿衣出门。河冻了，表示天气极冷，我就在大衣里多加一袭毛衣；河流了，我就少穿一件衣服——这几天河却冻得不像样子，这就是我不敢大声宣布春天的消息的原因——虽然照我们的算法，早过了立春。河岸上是很平坦的草坡，草坡过去，是一栋灰黄色的楼房，很古老，很典雅，是一栋美国女生"姐妹会"的宿舍，里头住了许多金发碧眼的异邦姑娘。这些番邦女孩喜欢唱歌，常常大群大群的在草地上唱歌，连下雪天也不例外。爱荷华大道植满了榆树和枫树，这也是为什么我特别期待春天的原因了。

我差不多可以想象春天来了以后这条路多么愉人！树叶将在几天之内萌芽，淡绿色的生命开始在阳光下抖动；河水也将流着，而且会发出潺潺的声响——我记得住在大度山的时候，我们宿舍附近有一条小河，夏天的晚上，总是快乐地奔流，发出潺潺的声响！田园风的乐章也将更加贴切，我将听到鸟的啁啾，树叶摇动的旋律，和四周的脚步声。现在我正倾听着《第六号沁芳南》，心里的波浪随着自然的飞舞在不停地起伏……

有一夜，一年多以前一个仲夏夜。我们在"哲学消夜"里听音乐。你把室内的电灯熄了，大家一起听贝多芬田园风的《第六号沁芳南》，窗子上挂的竹帘泄进一条一条细细的光灿的月色，照在瓷制绘了牡丹花的茶壶上，照在书籍上。我们一起听音乐家赞美自然。沿着一条小河，看春天的原野、农田、远山，和低低的村舍。忽然暴风雨越过午后的天空飞来，急雨打在大地上，打湿了我们的衣裳，打下了许多嫩绿的树枝，风声呼吼着，撕裂了茅草房上的铁皮，把河水搅成浑黄。不久风雨停了，我们打开房门，看到夕阳从云后像彩带似的落在绿油油的田地上，鸣禽又跳上了树枝，人们也远远地驱赶着他们的牲口，微风吹在树林上，夜莺也咕噜咕噜地赞美而且诉说着，好像世界又回到了单纯的一个音符里去了。——伯武，我还记得很清楚呢！音乐完了以后，痖弦打开灯，我们看你两眼含着泪水，都笑了一夜。

近来我自己单独听这田园风的《第六号沁芳南》，除了满怀怅惘，说不出话来。有时黄昏的时候，夕阳射进我的屋子。我的书架上摆满了盎格鲁·撒克逊文学的参考书，那种中世纪的死灰，反而更使我心跳。我已经逐渐忘记浪漫式的艺术——只能在偶然的时光里，像火花的交击，被刺了一下，从肺腑里觉得疼痛。记得济慈怎么开始他的《夜莺曲》吗？他第一句就是 My heart aches——这样说来，我依然保有一些诗情了。

永祥和痖弦同时获得今年的青年文艺奖金，使我好高兴。你大概也看到永祥怎么样在《幼狮文艺》上骂了我一句。他说我从前责备他写的剧本是不负责任的写作，"不如去卖猪肉"！我记得那是去年八月的事。那时候去国的离情充满我的心腔，我们常谈到戏剧，因为我也尝以戏剧暗暗引为最终的兴趣，那是在我读过希腊悲剧以后。亚里斯多德①的《诗学》使我对戏剧充满敬意。我一直以为文字的艺术达到巅峰的时候，便是完美的戏剧；而在读过密尔顿②的诗剧《参森力士》③以后，我差一点以为"书斋剧"胜于舞台剧。近来我已改变了这个观念。上周末我与少聪在此校戏剧系的"实验剧场"看了两个新剧，感触很深。我看到美国人的舞台观念已经显示了一种"回归"——象征化的舞台，提供了更多的机会让剧作家来表现他的哲学和社会热诚。舞台的简化，使我想到希腊剧场的朴拙和中国戏剧的象征精神。

那天我从剧场出来的时候，心中激动得很。恨不得我们四人仍有一个机会来享受我们的"哲学消夜"，重新谈论艺术的奥秘。这一星期来，我也一直在思考那个问题；而季节的脚步是多么缓慢啊；雪化了又下，下了又化，我永远不知道艺术家如何才能准确地描绘自然的颜色。记得你来信中说过"晓园依旧，人事已非"。我再也不能平静地回忆，不论触及的是诗、音乐或戏剧，或仅是扇面题诗的旧事。在暗暗的草地上漫步，在风雨的红堡里饮酒，这些已经不再属于我了。我只能笨拙地掌握一点浮光，在田园风的乐章里，窥视融化了的柔美的天地。而我永远无法自足，我也宁可把书本放下来，骑着单车过河去水流的源头等候叶子抽芽，顺着河水上行，在柳枝的瘦影间追怀；或是徘徊在短墙边，看城里的灯光一盏一盏地亮起来。

---

① Aristotle，大陆常译作"亚里士多德"。
② Milton，大陆常译作"弥尔顿"。
③ Samson Agonistes，大陆常译作《力士参孙》。

芝加哥鳞爪

一直到今天我还不晓得那座公园叫什么公园。芝加哥有许多公园：南区有一座出了大名的杰克逊公园（Jackson Park），在三十年代，当桑德堡还在芝加哥的时候，曾经有一位中国青年诗人为那公园写过一首百行的长诗《秋色》。而今浪游的诗人已死，白发的桑德堡早已离开那被他称为"咆哮的，硕壮的，喧嚣的，巨肩的"都市，退隐到多山多林的克罗拉多园林去了，去静待死亡。据说杰克逊公园的林木尚在，只是长得更高大更粗老了；据说，秋来的时候，杰克逊公园的红叶仍然准时展览它们"灿烂的生命"。

树犹如此！我常想，诗文可以与植物并生，艺术可以与植物偕老，唯人的生命永远是脆弱可怜的。我常想，杰克逊公园的红叶，当秋天来的时候，会不会觉得一天一天地落寞了呢？长椅上逝去了一个东方来的诗人，自然是否依然升华，无动于衷呢？

而我一直到今天还不晓得那座我数度徜徉路过的公园叫什么名字。它座落在克拉克街和湖滨大道之间，植满了入冬势必凋零的树木。我曾经有一次在细雪中穿过一座小森林，满地是滑湿的白雪和凝冰，园中许多长椅和铁栏都覆着棉絮。从这一头看林子的另一个出口，好像人沉浸在一支郁郁的十九世纪初的音乐里，又好像读着一首曹子健的诗，那么疏落而凝结，茫然而清醒。"八方各异气，千里殊风雨。"那种自然界的沉默和寂寥。公园中央有一座雕像，高耸在冬季薄薄的雾气里。几个希腊风情的女子站在石座上，衣带招展，像要飘舞起来似的。她们脸上有凝重的忧悒，双手上举，接住天边一片片乌云。

又有一次，我和均生经过那座公园，冷风从背后袭来；背后是密西根湖①。那天下午我们在湖滨留连了很久，看湖水结成白蒙蒙的一片冰潭，那白色从足下往北延伸，直到加拿大边界；我们无法了解，这是什么样的谁的土地！那儿有一个小港湾，插着冷落的星条旗和湖警的旗帜，在寒风中飘打。公园四周都是大厦，睁着七彩的眼睛瞪我们。

芝加哥是一个男性的暴力的都市。他是罪恶和荣华交织起来的都市。可是，正如桑德堡说的："来吧，你告诉我有没有另外一个都市，昂着头，像芝加哥似的傲然地歌唱生命，歌唱他的粗暴、有力和狡黠！"（Come and show me another city with lifted head singing so proud to be alive and coarse and strong and cunning.）真的，世界上怕再也没有一个都市像芝加哥这么"粗暴、有力和狡黠"了。有一次，在爱荷华城里，于梨华啜一口"粉红妇人"，对我说："芝加哥是最特别的都市，雄性的成分，纽约也不如他！"我总觉得他像一只大蜘蛛，日夜不停地吸食四面八方投进去的大小生命。他用暴力慑服每一个旅人的心，不是用柔情啊！芝加哥原是一个没有柔情的都市。

我还记得旧金山，在印象里，那是一个千娇百媚的都市。去年九月自西雅图南转，在飞机上，有一位老者对我说："你看，这片丘陵，一百年前还是红人和白人的战场，如今变成仙境！"我永远忘不了"海湾区"的俯瞰，那绿水青山，视奥立岗海岸，有过之而无不及。旧金山城一瞥，我看到的是白色妖媚的平民公寓依着起伏的山坡建造，

---

① Michigan Lake，大陆常译作"密歇根湖"。

洁净的弯曲的马路，长长的缀着珠玉的金门大桥。是的，甚至金门大桥也是女性的。我真的无法在印象里看到旧金山一丝男性的雄伟。好像那是一个只合苹果花开苹果花谢的都市。

芝加哥有全美国问题最复杂的黑人区。那是都市的瘤，把芝加哥装点得更可爱引人。黑人区在城南，与芝加哥大学只隔了一条宽阔的绿草如茵枝叶扶疏的街道。自从黑人群居以后，芝加哥大学的声誉一落千丈，杰出的社会学教授，哲学教授们先中了自己学问中鄙弃的魔，不愿和黑人相处，纷纷他走，使得芝加哥大学沉郁的古老砖楼更加沉郁，蒙着一层阴影。我们到校园去的时候，寒假期间的园林凄清而冷落，神学院的大楼像是一座大监。长春藤枯零一墙，看不见新意。校园里有一幢建筑学上的古典作品，那是现代建筑大师弗兰克·莱特（Frank L. Wright）的杰作，在枝叶冷落间，看得出红砖暗微，构成一个错综的建筑学的神工。但我一直感到内心有一种寒冷在上升，大学里的每一块石板，每一个窗户都好像在叹息，在悲悼。

谁都知道，芝加哥大学在三十、四十年代是以社会学饮誉全世界的，甚至在哲学的范畴里，近代美国唯一可以谈论的"运作论"就起源于这个大学。可是它却在社会问题的困扰下走向下坡。似乎课堂里的知识注定要栽在现实的问题里。我们离开那个冷落、老气横秋的校园的时候，黑云满布，就要有一场风暴。沿途经过最破败的贫民窟，屋板零乱，三两个黑人小孩在门口枯坐，脸上毫无光彩。上帝当初不知道考虑到没有，肤色居然可以决定一个人的命运。而所谓"命运"，千百年来的阐释，却在今天的新大陆，找到了新的因素。在台湾上学的时候，偶然听到哼唱美国南方的民谣，只能想象到千顷广大的棉花田，高耸洁白的庄园石柱，清澈缓流的小溪，以及黄昏下散坐弹奏的布鲁斯。那支歌，啊，我们都熟悉的一支《老黑乔》，温存而哀伤的旋律，充满了同情和怜悯，充满了幻想；我真没想到今天看到的黑人的命运会这么悲怆。

有一个美国人对我说："我们美国人事实上是很有些自卑感的，尤其在谈到文化问题的时候，因为我们背景太浅，历史太短，我们缺少遗产，没有古迹——我们的文明来自旧大陆的欧洲。可是，你大约也不能否认吧？我们有今天全世界最理想的政治体制！"但我又想，自由？民主？这一切为什么只限于白人而不与你们的黑人同胞共享呢？美国的有心人都在忧虑。

美国的文化使他们觉得自卑，但他们却疯狂地追赶着，收集着。他们建筑最高大的希腊式的屋子，又用士敏土堆积一些貌似罗马式的建筑。芝加哥有一个大建筑叫作 McCormick Place，我曾在那大堂中听过生平第一场歌剧"蝴蝶夫人"。从入口走到大堂，数百公尺长的走道，完全由粗大震人的大理石砌起，我心中叹服，论气派，我想，罗马也不过如此。但真正谈到"遗产"的时候，他们就心虚了。密西根大道上，最使我向往的不是那经历大火残存的老水塔，不是那使人眼花缭乱的书店，而是背朝大湖座落的艺术馆。艺术馆前有两只巨大的石狮子，狮身上积着青苔，不久前还有人在爱荷华城与我谈论那双石狮子表现的"意象"呢！艺术馆内收集了全世界东西方的名作，包括绘画、雕刻等，从米开兰基罗①到毕卡索②的西洋作品，玲珑满目，尤其丰富的是十九世纪法国印象派的作品，其中以秀拉的《夏天的海滨》最引人遐想，我与光中同看此画，他拉着我看海滩上奔跑的一个女孩说："你看那多像我的女儿佩珊！"他们又为中国艺术开了一室，有水墨画，有扇面，有佛头，甚至有远从四川运过来的完整的石碑。我还记得在另一个博物馆"自然历史博馆"，我看到中国古代的玉器、刀剑和两面庞大的铜鼓。在另一个厢房，我看到一只西康皮筏深锁在

---

① Michelangelo，大陆常译作"米开朗基罗"。
② Picasso，大陆常译作"毕加索"。

玻璃匣中，忽然出奇地想起一支甜美的歌，《康定情歌》。啊，为什么到了异邦才能亲眼看到祖国的风物呢？

祖国显得多么迢远！在唐人街，我们遇见许多黄皮肤的美国青年，血浓于水，但三千年的文物已经在他们的举手投足间散尽。我们不能不感叹，不能不伤心。我回到公园的一角，看雪地上反射的星星，树林黑暗，石像沉默，背后狂吹着越湖南来的北极风，突然觉得更冷更孤独了。芝加哥在公园外喧哗地呼吸，唱着，欢呼着，也痛苦地呻吟着。

这一城蒲公英

　　暴雷停了。我在房里读一封朋友来信，他同我争辩英诗押韵的原则。打开桌灯，抽出一本诗集来，是艾略特的全集；翻开《荒原》，诗人说四月是最残酷的月份。如今已经是五月了，一城蒲公英的五月。常常，你在路上走的时候，比方说，沿着"渌卡街"向北，会不期然在心中说出："春城无处不飞花"。美国北部的冬天很长，数月覆压冰底，春天来得珊珊，一阵雨，一片阳光，刹那间，绿草白屋子四周抽出芽来，一夜之间，全城易色，水流了起来，人醒转了过来；女学生们在复活节假期中，把一车子冬衣带回家去，运来了另一车的春装，从此以后，短短的百慕达裤，薄薄的鹅黄衬衫点缀了整个校园。所有的空气都流动起来，从教堂的尖顶溢向剧场的石梯，从绿叶的钟楼漫向画廊的石壁；春风忙碌起来了，忙于在你的脖子上飘红飞花，忙于在你的足迹上沾濡露水，忙于催活藤蔓，忙于照亮画眉身上的色彩。

　　春风忙起来了。四月底的一个午后，软软的阳光从西边照到我的房间来。我正在思考一个希腊神话和北欧神话差异的问题，顺手抚摩着一本杜诗。盛唐的彩光不断闪向我的心头，阳光慢慢往教堂和音乐馆的背后弱下去——忽然一只画眉自河上飞到我窗后的枝叶里，萧条的琴键敲打着，小画眉鸟跳跃着，我自然地想到郑愁予的一首诗《青青的小岛》。

　　眼前涌现许多许多青青的小岛，一排排，一列列，散落在海水中，白浪拍打着沙岸，卷起许多彩色的贝壳。眼前也涌现一座灰黄的小岛，那是遥远遥远的东碇，我有许多行伍伙伴在那个岛上。记得在密西根湖畔眺望的时候，冬季的冰原，曾使我错以为是月夜的海光，在金门前线的夏夜里，全副武装，嗅着铁蒺藜和枪支的香味。再也不是惆怅了，再也不是思念了，其实诗里有许多牵强的忧郁，正好可以说明一些奔波离别的情绪。杜甫、史宾赛①、艾略特、济慈，这些辉煌的名字呈现的时候，心臆中的歉意一分一分地减少。艺术的光芒足可以融化积恺。

　　夕阳有时而熄，第二天近午沿着"渌卡街"向北，满地的绿茵，缀着美丽的蒲公英和苜蓿。每一幢白屋的檐下，都盛开着繁茂的郁金香和水仙花。老枫树在和榆树们比赛生长树叶的速度和密度。寄生的小植物也乘着阳光的金马车攀附到粗糙的树干上，享受一些春来的露滋。

---

　　①　Spencer，大陆常译作"斯宾塞"。

赫
德
逊
河
的
浮
光

　　五月尾的北美洲，松树、柏树和其他半寒带的植物，都显得特别劲挺，火车奔驰了一昼夜，把中西部大平原的风光慢慢抛在背后，把一切玉米的形象，牛马厩棚的形象噬食，消化，变成悬挂在电杆木与电杆木间的云彩。下午三点钟，雀鸟们正闲适得不出一点声响，麦秆们正静默得懒得抖动，我们溜过美国和加拿大边界，准备南旋。

　　庄严的一刹那。就在那一刹那万叶屏息百鸟安详的午后三点一刻，我们朝左望去，那是波光万顷的赫德逊河①。火车沿着河的右岸像流星一般往南滑去。

　　水流得像另外一支遗忘了的短歌，像民谣浅浅的忧愁，像战鼓轻轻的患难，像晚祷时候清教徒的顽冥和骄傲。水尽处是连绵不断的绿树，在河雾上变得墨蓝，午后的阳光慵懒地照着它，影子从水底反照出来，使我想起那位新英格兰作家华盛敦·欧文②，和他那一篇启迪早期美国深思的短文《李伯大梦》。李伯每天只爱在赫德逊河边的小镇酒肆前听人辩论，晒充足的老太阳，有一天他在山涧里出了窝，一

----

①　Hudson River，大陆常译作"哈德逊河"。

②　Washington Irving，大陆常译作"华盛顿·欧文"。

觉醒来，北美洲已经改朝换代了，他不知有汉，更无论魏晋！而赫德逊河依然如昔，闪着粼光，穿越时间如穿越一座树林。

河里很稀落，只有一艘燃煤的运油船，偶尔也带着十八世纪的古意鸣下汽笛，但附近村庄里的百姓显然并不感动，红色的屋顶在树木当中，像一朵一朵小花，满足于河的恩赐，满足于河的启迪。火车沿着赫德逊河南奔五小时，黄昏以后才到纽约。

那时你不由得从心里开始赞美。赫德逊河到海口的时候，沿曼哈顿岛注入大西洋。我远远听见工业文明的喧嚣，眼前呈现栉比不断的大铁桥。昏霭下，小汽艇在河里匆匆地奔跑，码头上许多灰色的机械，许多冒烟的屋宇，庞然的钢制品，没有终点的油管，水的颜色变得黯黄而死寂，赫德逊河被哗噪的纽约征服。纽约，纽约，你不由得赞美它，陌生的都市，熟悉的恐怖，二十世纪西方文明的代言者，美和丑的熔炉，罪的温床，永恒的心脏。在百老汇一百十六街附近，早年的留学生住在有厅有房的公寓里，挥霍他们按月支领的庚子赔款，读哲学的胡适之，读教育的蒋梦麟，哥伦比亚大学图书馆的长阶，犹沉闷地流动着前一代学子的阴影。河边公园潮湿阴森的长椅上，残留着二三十年代满怀信心的中国青年的梦，而今天成千的中国留学生都挤到哪一个角落去了呢？树木茂密得透不过几丝阳光，松鼠在石墙上、草地上嬉戏；白人在打网球，黑人在倒垃圾，波多黎各人在唱歌，黄人在沉思，瞪视河水，茫茫的眼神："至今江鸟背人飞。"

一九三八年四月十九日，胡适之有一首诗，题曰："从纽约省会 Albany 回纽约市"，先说明赫德逊河长四百哩，流下海洋，像他的少年岁月，一去永不复还，第二段是：

> 这江上曾有我的诗，
> 我的梦，我的工作，我的爱。

毁灭了的似绿水长流。

留住了的似青山还在。

　　其实，这江上何尝只有他的诗，他的梦，他的工作，和他的爱呢？每一个去过纽约市的中国学生都要或多或少失落在赫德逊河的雾气里，几十年过去，山也无恙，河也无恙，只是一般中国学生的心情苍老了，沉重了，苦了。

有一个小农庄

爱荷华河源于州北，蜿蜒东南流，在州的中部构成一个小瀑布，到极南处，横穿爱荷华城。爱荷华大学就在那小城里，校园跨河的两岸，春夏之交，河岸上的杨柳都繁茂地生长着，草地绿得像海水，点缀着蒲公英和喧哗的地丁花。

有时候在河岸上流连久了，便会感觉到生的讯息压迫着你我的天地，有种红色金黄的鸟常在水边停伫，河里有人渡船，上溯下流地，在足音桥下出入，河水流得很慢，有时飘着远远运来的枯枝败叶，有时飘着一条白色的手绢，有时是装橘子汁的空盒。艾略特的《荒原》里引用过伊丽莎白时代的名句说："甜蜜美丽的泰晤士河，流吧，直到我唱完这支歌。"河里也漂着爱情的信物，游着白色的天鹅。

顺着河水上去，出了爱荷华城，十里以外，平原上忽然耸立起几座山陵。被海明威誉为"四十岁以下最好的小说家"的菩吉利（Vans Bourjaly）买下了一座老山，在山麓下建造他的农场。五月初，一个艳阳的下午，华苓姐、少聪和我搭安格尔教授（Paul Engle）的旅行车出城。那时，苹果树正努力地开着星光似的小白花，野地里的农夫正骑在庞然的农耕机上犁地，泥土的芳香到处吹飞，田舍里的小狗们正忙着到水流边沐浴，在青草地上疯狂地打滚。下午四点半的中西部老太阳犹有些暑意；安格尔教授把车子开得飞快，风从窗子里吹进来，我突然觉得，说什么也应该把昨晚背诵的德文动词们好好忘记。

这个美国玉米仓库的爱荷华州，到处是肥得捏得出油汁的耕地。腐朽的木栏围着田庄，许多老黄牛在啃草。我想起佛洛斯特有一首描写新英格兰的诗，题目就叫作《补墙》——在新英格兰，人们用石头砌墙，把你我的农田划开，冬天到的时候，往往被风雪覆倒，墙上增加许多缺口；每个春天，毗邻的农夫就约好到地上去补墙，各人堆各人的一边。诗人说："你管你的，我管我的。"爱荷华的农夫缺少补墙的诗兴，他们用些长木把田地划开，乌黑的木头像金门牧马场。五月初，雪已经化了几个星期，有些木墙颓倒了，也没有人理会；这块平原太大了，多一分地少一分地，也没有人在意。

菩吉利的农庄也是用木头围起来的。大门破败得叫人以为是个荒村。我下车去把门咿咿呀呀地推开，沾了一手的污渍。门后就是一座马棚，两头小狗在栏里狂吠，马匹闭着眼睛站在那里；山坡上有一群黄牛和黑羊在巡梭嚼草，安格尔教授按了一声喇叭，牛羊们吃惊地奔跑。马棚后就是一座山林。我们沿着树林的边缘向水潭的方向走去，许多败树倒在水边，老藤缠绕着；紫色的花，绿色的叶；忽然一只灰鸟沿着森林的顶梢啼叫地飞过，那时已是黄昏，那是一只"哀鸽"，安格尔教授说："他啼起来像在哀悼，哀悼日落，所以我们管他叫哀鸽。"水潭也在森林边，菩吉利正蹲在一堆烂泥里修理水道。潭是乌蓝色的，倒映着成行成列的树干，水草在四周生长，也有些水仙，华兹华斯诗里的水仙，像星子。我张望着森林，那茂密的生命对我的引诱比水潭更大。每棵树都兴奋地举着手，似乎要牵住天上的云朵，微风吹着阔叶，夕阳照在深处。我们不能不走入森林里去。就像叶慈说的："我已经不能等候，我必须前往……"

那山林对我的吸引是精神的震动。我看到千万种神秘在暮霭中对语，风吹的音响，鸟叫的音响，水流的音响，花开的音响——尤其是，啊，脚踏在败叶上发出的单纯的音响。我常常想，任谁也无法抵抗那种自然的音响，造物的天籁。我不相信有谁不为它感动：设想你单独在一座没有人籁的森林中走路，踏着枯叶，你能不为那种天地凝和的音乐心醉吗？我已经很久很久没有听到那种音乐了，上一个秋季，在城里的走道上，我们证实了枫叶的递代，但那只是在城里而已——虽然是子夜，但那只是在城里而已。

　　林中有许多野花，红色的，黄色的，白色的；有的开放，有的含苞，等待第二个黎明的露滋。我们为一路上铺满的小花绕道，谁也舍不得踏在花丛里。老树们自动颓倒在山坡上，一触即碎，树干上长满了菌类，有些树干上结着鸟巢。安格尔教授带我们穿过一片蒺藜，走到山顶上，风忽然紧了，他指着一片草地说："我但愿在这片林木当中结庐而居。"草地对着一个森林的缺口，外面是高低起伏的爱荷华平原。安格尔教授是爱荷华州的桂冠诗人，我看他头上也有几丝银白，心里想，他真应该在这山上"隐居"几年，每天注视他自己的乡土。但他是不会"隐居"下来的，秋后他即将西渡欧洲。

　　我们在一棵枯树上坐下来，他说假使我们有兴致这样坐等到天黑，我们可以听到猫头鹰的哭啼。但我们从森林出来时，天还没有黑，我一直没有听见过猫头鹰的哭啼——六月，我在纽约，华苓姐陪林海音又去过一次，夜里她们许多人（有一位阿富汗诗人）在水边烧野火，后来华苓姐告诉我说，她真的听到猫头鹰的啼哭声了。

　　我们回到水潭边放风筝，骑马；天黑的时候，我们到野地里赶牛。那野地长满了齐胸的荒草，有一群黄牛慌慌张张地走错了栏，菩吉利带了我们出去，那时星星刚升起来，四周一片暗淡，牛在树木后号叫，使人错以为是在一张画片里。然后是威士忌和杜松子酒的夜，火光照在静静的村栏上，田园的幽香充塞在黑暗里，偶尔听到一阵狗吠，新月挂在树梢。安格尔教授曾经有一句诗说："月亮对狗凄厉地吠着。"那是饮过酒以后的诗。我望着窗外，看到许多萤火虫零乱地绕着水飞，有些蛙鸣，多像花莲乡下一个平凡的夜。

从普灵斯顿校园出发

为了看普大的研究院，我们把车子开上一条林荫道。其实普灵斯顿①城到处都是林荫道，两天前离开喧嚣的纽约，心情是沉重而悻然的，似乎晚云或晨风做错了什么事。那时间全纽约居然没有一条道路让我感到欢喜，也没有一片草坪令我觉得愉悦。中央公园蓄水池边两只疲倦的水鸭立在残堡式的水楼边，羽毛上抖亮的水珠教我为它们哀伤。

我曾经一个人在第五街的人潮中随波逐流，在大理石的阴影下突然意识到风云的凄冷：我也曾经在时报广场上暗悼霓虹灯的寂寞，坐在市立图书馆前的树下，看一群驯鸽飞上飞下地抢啄地上的面包屑。自然已经死亡，死在科学和物质的煤烟中，死在人面早熟的忧虑中。有些老者在石椅上下棋，有些人在看报，有些人在哭泣。我记得《生活杂志》的总编辑乔治·亨特（George P. Hunt）在他的办公室里接见我的时候，曾经皱着眉头，眼观窗外的摩天楼，说"你不能把纽约只看做一个大都市，纽约是一个内容丰富，完完整整的国家！"

纽约有美国最伟大的文化，也有最"凄凉的文化"。博物馆里搜

---

① Princeton，大陆常译作"普林斯顿"。

138

集了各式各样的人类奇迹，夏季的露天剧场免费演出莎士比亚的悲剧。悲剧在人间流泛得更广，更深入，唐人街的污秽，职业介绍所隔壁血淋淋的两个红字"血库"。人的性灵被大众所剥夺，撕成碎片，在街道上飘扬。有时在深夜的地下火车里，不期然看到一个神情猥琐的东方人，由心里断定他是一个中国留学生，因为我在幻想里帮他穿上一套草绿色的操作服，领子上缀一条少尉金杠，那就是当年神采奕奕、目空一切的预备军官了；但他往往疲惫而衰老。

许多人都死了又生，生了又死；在美国的中国学生更能够生死。清晨的寂寥可以杀人，午间的忙碌，又使他复生。电梯里酸涩的眼睛，沙发上鹰扬的交响曲，或是一支边疆民谣，或是一封邮简，生死之间没有多少距离，幻想里的温情渗和着现实中的冷酷，书本上的智慧融和了餐盘间的厌恶，泪水满了他的眼眶，他能够用一场今天的歌剧把它止回去；感情是冰凉的，躯体是麻木的，意识里充塞了"奔走"的希冀，充塞了"逃避"的欲望，但飘摇的理想招呼着他，冷风的梦牵伴他，祖国呼唤着他。日子就像高速度的快车道，不必要地伸向未知。

离开纽约的一刹那，到了桥上，回顾河口的港湾和自由神像，海水悠悠，不禁出奇地脆弱了起来，那两星期的盘桓，指点出许多生命的悲凉。那时我心里也有逃的欲望，车子越往南开，土地越变得青翠。进新泽西州以后，山冈丘陵显得特别亲切和迷人。普灵斯顿大学就在纽约南边一小时路程上。

普大的研究院在一条林荫道的尽头。路边种的大都是枫树，六月中旬的枫叶犹呈淡青色的风采，稀落地掉在路旁，松鼠在上面跑来跑去，青草坪上洒满了水珠。据说当年研究院是仿照英国大学建筑的，所以有许多维多利亚式的雕琢，古旧的石梯，狭窄的窗户，确是和图片里的剑桥一般迷人。有一本旅行指南上说：每一个剑桥的学生，当他坐在早年型式的课室里，总会感到四壁有许多仙灵的眼神在注视着他，因为马罗、米尔顿、拜伦等许多伟大的诗人都曾经在那些老教室里上课，他们的名字加进文学史里去，他们的作品被印成讲义，在期考里讨论，他们变成星座，变成幽灵。普大历史上似乎只产生过一个作家，就是史谷特·费兹乔罗①（F. Scott Fitzgerald）。

从普灵斯顿出发，南经狄劳微尔河，入宾夕凡尼亚②州，我才在精神上完全摆脱了纽约的梦魇，和许多面孔忧愁的压力。八百里的路途展开在眼前，宾州有全美国最美丽的公路系统，从费城到匹茨堡③，我们像疾行在一座大公园里。阿帕拉契④山脉上的苍松古柏，把我远远带到玄想里去；紧接着是俄亥俄，是印第安那，午夜两点，接近芝加哥的时候，对于那陌生而熟悉的城市由心里觉得喜悦，密西根湖早已解冻，湖水就在公路旁轻轻地涌着，涌着，月光照在波浪上，像唱着催眠曲，教骄傲的芝加哥赶快入睡。我们穿越林肯公园，树叶也早已经长得很好了，地上也没有雪了，疏落的小灯闪烁在每一个角落，我特别想念去年冬天和我一起游园的均生，他这个暑假蛰守兰沁城，来信说："我对美国已经厌倦矣！"

卡缪一九三七年四月的日记里有这样一段："在异邦，日光淋沐小山上含着金光的房舍。一种比在祖国看到同样景致更强烈的情绪油然而生。这个太阳绝非祖国的太阳，我完全了解这个太阳绝非祖国的太阳。"这年六月中旬的旅行所给我的启示似乎生平未曾有过，也许正是这样，"异邦"的感觉特别深刻，特别浓厚。从芝加哥西奔爱荷华城的时候，整个人沉浸在一种飘浮的忧郁里，也许是落拓，也许是幻灭，我永远也不想知道。

---

① 大陆常译作"斯科特·菲茨杰拉德"。
② Pensylvania，大陆常译作"宾夕法尼亚"。
③ Pittsburgh，大陆常译作"匹兹堡"。
④ Appalachian，大陆常译作"阿巴拉契亚"。

金山湾的夏天

　　有时是深夜，我们决定驱车到山上去。带几串葡萄，买半打啤酒，穿过电报街，国际学舍，网球场，很快就进入微凉的黑暗。黑暗，是的，黑暗，在山阿里，只有几颗夏天的星辰，在树影和陌生的建筑物间亮着。我们何尝静静地观察过一颗星？二十余年成一梦，此身虽在堪惊。

　　北加州的红木残余在波克丽起伏的丘陵上，在迷茫的黑暗里，耸起如寂寞的巨灵；那份笔直上升的"精神"，永远隐忍着被征服被摧毁的悲哀。我常常想，大地本属于植物，树林是一切的主人，在北加州，金山湾的四周，看到被雕琢刻画得匠气矗然的红木，更能体会到植物沉默的悲哀。有一次我们到旧金山北部一个山谷去，山谷被唤作Muir Woods，许多斧斤下亡命过来的红木矗立在谷底小径旁，供千万人瞻仰，只静静地倨傲地把千万双手臂高举入冷冷的云霄，我心里说：你们是神，永恒而沉默的神。多少游客在森林里逡巡，却没有一个敢大声说话，只带着敬意地仰望，低声赞美——人类也有被植物慑服的一刻。谷里有一棵小红木，属于内陆种，专家把它自尤西米提公园移植到海岸来，它即刻拒绝生长，悲戚地立在斜坡上，任自己枯黄，凋萎，旁边竖了一座碑，记述它年轻的悲剧。

植物的悲剧在新大陆上显得特别深刻，古玩店里陈列着红木瘤琢磨成的果盘，在人声喧哗中发光。我记起有一年，庄喆说到他对自然的哀悼；他去过阿里山，在一片寂寥死静的山坡上，看到成百成千的枯木呈焦炭状，一刹那间，他感到自然的死亡撞击咬啮着他艺术家的肺腑，后来他才知道那是一片生长了许多许多世纪的原始林，被一次暴雷所焚烧，万种绿叶，百般妖娆，在一瞬间化为残烬！有人在山麓立碑致哀，有人作画，有人写诗，齐为等闲生物来思想。夏天里，我横跨美洲大陆两次，有时在火车上，有时在危崖边，有时在山谷里，我总能从树木的枯萎和沉默中记取很多宇宙的茫然。

从波克丽山头往西俯望，城里城外无数的灯火接着星海。金山湾横在奥克兰和旧金山中间，黑色的神秘，没有一点声息。若是在白昼，车过海湾大桥的时候，朝左右看去，远近有许多白色的帆船，港口上的铁舰舶壮了金山湾——海湾大桥没有柔情的桥栏，带着鼠灰色的嘲弄，揶揄每一个风尘在心的旅人。我来回无数次令人心灵滴血的海湾大桥，也看到过桥下的海水无聊地汹涌，忧郁地汹涌，轰然的奔驰成为永生的讪闹，在速度和压力的交融里，我只是一根衰草，在日色月光的曝晒下，没有主意地移动，移动。七月尾金山湾的荒凉不是水底一阵摇荡可以宣泄的，梦的烛火，恋的露光，在水波和天晕接连处，飞散，飞散。从波克丽山头往西俯望，若是深夜，海湾大桥上缀着血泪的珠玉，水声细微，钟楼上也栖着阴郁的蝙蝠。我若干年的编织，忽然在飞速的车声中碎裂。

有时是激越的黄昏，在旧金山小小的酒肆里，有人唱三十年代的民歌，十九世纪的琴韵，疯狂如逝去的年华；有时是安详的暮色，在茸茸的细草地上，背倚着古木的苍凉，看红光一分一秒地暗淡，直到黑暗把金山湾的夏天包容起来，像一块巨岩，沉没水中。意大利餐馆的船歌，旧书铺的香气，波克丽城里的石板路，潮湿的旧情，发霉的向往。你难免深夜走过一座爬着藤蔓，鬃着白漆的教堂，站定了张望那暗淡的十字架，恰似那天中午，站在金门桥上，看海水，向各方消散。

山
窗
下

记忆里有许多青山。

水涧的悠冷，瀑布的激越，手掌大的绿叶，粉颊似的红花。从一座深山走出来时那种失落了什么又获得了什么的怅惘，唯啼鸟知晓。有一天下楼，推开后院的纱门，迎头是一阵寒雨；那时我正想步行去校园听音乐会，管弦乐队来自北边的明尼斯达州，那晚的节目里有柴可夫斯基的第五号交响曲。

像失落了什么，又像获得了什么。马路一片湿寒，雪溶了以后，春天正蹑足行来，西边的教堂正有人在唱诗，他们不知道在赞美什么。也许是赞美一千个湖泊，也许是赞美一万重青山，也许是哭泣，也许是平凡的忧郁而已。

有一次驱车东下去芝加哥，黄昏时分过一条小河，石桥下是蓊郁的树木，那时犹是秋深时节，红叶在暮光里罩着一重白雾；桥边立了一块木牌，写道"野狼河"，一份孤寂蛮荒的情调。等我从芝加哥回来的时候，重过"野狼河"，心里撞击的感觉却轻得多，我想是高更的几幅大西地油画沉积得太深了——那一片酱红，棕黄，那一个个匍匐在地上祈祷、结网和收拾果子的土著，再怎么样也挥不开；我几乎忘了第一次经过"野狼河"时的恐惧和寂寥。生命原是可以改变的，情景的感觉更可以改变。每一秒钟我们都在汲取天地的新印象，也在摧毁旧有的印象！

那烟雨正像万重青山，像孩提时期憧憬的荒蛮，原始的风景，水波的谲幻。后来我几次听见柴可夫斯基的第五号交响曲，都很自然想到黑夜里的寒风和细雨，和院子里等待抽芽的两棵大榆树。

我现在来记述这些，来纪念一块土地。一年来的默想，使我觉悟到原来异乡风月、春秋、雨雪使我惊讶的，不仅是那种陌生的满足而已，而是对于另一块土地，另一段岁月的回忆和思念。这使我想起二十岁那年，初从一位剑桥毕业的英国先生读希腊悲剧那回事。那是有一年秋天，冷沁的上午，我们读到苏福克里士的"伊迪帕斯王"，当那位先生高声念到伊迪帕斯王自盲后的呼唤——啊！命运，命运！——我仿佛是一刹那被造物拍醒，仿佛人类东西方千年历史的悲剧意识就在那一刹那间向我现身。现在我才了解，那原来也不是文学或古典的力量，那是记忆的力量，一切悲惨的想象确实在一瞬间被诗句剥得坦然，鲜血淋漓。最近再读希腊悲剧，感受便已经不同了。

这是失落了什么呢？抑或是获得了什么呢？岁月和路程把心灵磨得苍老；思维和沉默把万重青山抹上一层白雾，盖上许多可怕的声响。有一位批评家说福克纳的小说是荒凉的，带着号角的音响——其实生命整个都相当荒凉，都带着号角的音响。

而人的思想每分钟每秒钟都在错乱，都在转变；有时自以为定型了的浪涛的型式，也会像梦魇一般化为暴雨，像暴雨似的卷来。若是你曾经独自在家乡一条熟悉的山路里行走，若是你曾经被一片巨岩吸住了脚步，若是你曾经想到深涧里去洗濯你的身体，若是你曾经为一片漂流在谷底的败叶悲悼，你驻足哀伤，忽然一阵雷鸣，忽然一阵暴风，你逃到一个山洞里等待天晴——你若也曾经有过那种经验，你就会有一天突然在美术、音乐和文学的领域里迷醉，越沉越深越觉得生命的充实和空虚。

　　生命的充实和空虚原是不容易说清楚的。冬天的时候，假期里，爱荷华城静极了，有一天中午，我在门口等一位教授接我去他家参加圣诞餐会。那时是十一点半，雪已经下了三个钟头，我推开门时，雪仍在下，街上静得没有一丝声音，路上铺着一条厚棉絮，没有汽车，没有行人。雪无声地落，覆盖在一切物体上，小学校的体育场，河岸的树丫，都静默得像死亡。我那时就说不出那种死寂的刹那到底是自然万物的充实抑或是自然万物的空虚。我甚至不知道那种死寂到底应该是一种静谧抑或是另一种嘈杂——这正和小时候看海一样。

　　你能够说大海是喧哗的吗？即使你站在沙滩上，你听得见大海的喧哗吗？也许你什么也没听见，也许那隆隆的幻象只是你心灵的冲击，也许是爱的呼唤，也许是憧憬的翻腾……

　　当我第一次对一群人说"我来自东部的海滨"的时候，我觉得或许我的血液和大家都不一样，或许我的肤色和大家都不一样。直到最近，每当我告诉满座的外国人："我来自台湾一个最低度开发的地区，小港口，不利耕种的乡野，斧斤不响的原始森林，贫穷的邻舍"，我几乎不知道自己身处何方，我也不知道心里填塞的是骄傲抑或是哀伤，是充实抑或是空虚。

　　我只知道记忆里有许多青山，通过了时间和空间的迷雾，不知道失落了或获得了什么。我不能不低回：始怜幽竹山窗下，不改清阴待我归。

宿 雨

人在一生中能逢到多少次真正的雨景呢？

从前偏爱一个室名"听雨厢"，以为天下最风雅高尚的莫过于坐在一间斑驳古旧的厢房里，对香炉金兽，饮茶、读诗、听雨。在大学里认识了一位学声韵学的朋友，藏书册册盖着鲜红的阴文"听雨楼"，不禁失笑怅然。当时感觉"听雨楼"何若"听雨厢"鲜明动人呢？又想：即使论天地的凄清无奈，一厢萧然，也就罢了。

雨的记忆是黯然的。最近半年来，最叫人愁苦的莫若夏季，在西海岸的波克丽城里，每天对着枯黄的小山，碧蓝的海湾，三个月内，逢到一场暴雨，那是子夜，在路上奔走，路灯下的庭园短松像玻璃饰物般闪烁。有人在红砖的公寓里弹吉他，唱一支悠长梦幻的民谣，像流浪人的哭泣；有人在十字路口，撑着透湿的花伞，依偎着话别，有人在窗子后茫然凝视一街的潋潋，一街的静谧。

我很难说自己是不是满足于偶然的风景，譬如一场意外的暴雨。我只慢慢了解，过去的幻想，不管曾经如何蓄意编织，想叫它成为一份生命的氛围，年岁终究要吹散它。生命里有多少次雨景，都像是过了时的生日卡片，有的压在箱子里，有的夹在书里，有的撕毁，有的散失。多少年后，想宁静地检点它们，清理它们，已经不可能了。有一个英文字 remoteness 今天上午和教授谈功课的时候提到，用来形容希腊悲剧精神的逸失，用来形容内伐达沙漠区的辽阔，用来形容攻读文学的中国学生内心的彷徨，现在我却自然地想到，这种无法言传的感觉，正好可以用来形容一个二十五岁的怀念雨景的人的心绪。小时唱过一支歌："归去，归去，心绪沾泥絮……"始终不明白为什么泥絮沾在心绪上，但多少也体会到雨夜的苍凉。有一种莫名的哀伤是悬挂在真空里的，有一种哀伤，湿淋淋的哀伤，串连着一次又一次可叹的撞击。海涛、山火、林烟、碉堡，到处是细雨后的云，到处是冷风里的泪！最记得有一年冬天，雨中骑车回家，时近子夜，街道空旷得可怕，转入巷子，瞥见雨中的冬青树，忽然升起一股无名的温馨感觉。小巷里的水渍、泥絮，犹如一首晚唐的律诗，毫无缘由的美。

　　这一次由西海岸东行回爱荷华城，满腔的疲惫，一路的阳光晒不干心臆里的霉潮和丛生的绿苔，山河无情，只得解嘲地告诉自己："也是归去风尘路，秋雨漫打落花园。"我们到爱荷华州中部古陵内阿镇上的时候已近午夜，在一个小湖边寻到露营的山坡，四周都是玉米田，星光稀落地照在草地上，湖水寂寞地反映。睡到凌晨，忽然一阵急雨。

　　再有什么比睡梦中的急雨更教人凄楚呢？我不是躺在厢房的床上听雨，我躺在旅行车的后座上，裹着绿色的睡袋，听雨打湖波，雨打农作，直到天明。那昔日的豪情已经收缩成为琐碎的彩纸，却不由得在心里为它赞美，雨象征什么呢？读福克纳的《野椰》，知道风是嘲弄的，读海明威的《告别武器》，知道雨是绝望的——此刻我已经看到绝望的雨，一年，两年，三年，四年，仍然向往一句诗勾描出的幻景：雨中黄叶树，灯下白头人；而海明威小说里那青年中尉慌乱没有方向的脚步，到底要引向哪里呢？山林、都会、天涯、海角。冰寒是恒久的，早已经浸入每一根血管，早已经把书籍、诗篇和音乐凝成顽石，该有人在这块丰富的顽石上建立起什么来，像世纪初的圣徒那么寂寞，那么庄严。

在黑峡谷露宿

　　踏荷湖在山间，山是加州和内伐达州的交界。一阵旋转波谲，忽然下降，带着高地的冷云和霜意，许多苍松，树立如五代的画魂，寒凉的荫地，白色的别墅，忽然看到一片碧水，白茫茫的雾拥远方，近处有人划舟，有人奔水，有人垂钓；问那个垂钓的人想钓些什么，他说：想上钩的我都钓，不管什么都好。湖边是悬崖的公路，乍看像清水断崖，自然没有清水雄伟，只是抹着一重荒乱的色彩，速度的忧郁。

　　接连横渡两个大州，地图上指示说：内伐达，犹他；白昼时速合理即可。他们的土地太广阔，村落太稀松，大地如气流，任人驰骋。靠西的山沟纵谷里住了一些印第安人，一些墨西哥人，和一些西班牙山地移民，每一寸草都用来畜牧，可怜的三股小民族，各自哼咏他们近代史的悲剧，戕杀、驱逐、流亡。我们开了一整天车，难得看见一两个村庄。偶尔在山阿回转处，暮色苍茫间，高竖着一座石碑，粗糙潦草地写道：一八三七年第一批采铜工人自奥玛哈①城乘篷车来此，尽遭红人杀害……有时在白云蓝天压迫之下，看到黄土山间几幢歪斜的木屋，又是一块巨碑：此村浑名"天赐"，一八四二年发现大量黄

---

　　①　Omaha，大陆常译作"奥马哈"。

铜，极盛时期人口多达八千四百三十人，目前住户两家，人口数目不详。第三天，我们看到一条河流，水在路边奔走，白色的石子铺在河床下，水边长满了杉树，一丛一列，把阴影照在水面，再由急流加以噬食，扭曲。我们松一口气，终于看到河水了！午前越过犹他州的沙漠区，车在中央抛锚，烈日下没有缘由的恐惧还沉在心底。这是卡罗拉多①州的起点，洛矶山的西麓，小河是坚尼逊河，当它切过洛矶山的时候，造成伟大的黑峡谷。

绿树每一分钟都在加深，由浅绿沉入深蓝；坚尼逊河的水量越走越大，山岭慢慢加高，到了深夜，我们穿过一座城，悠然上升，到了盼望了三天三夜的黑峡谷。路边野生的向日葵在寒风里舞着身子，花丛以外就是深谷。星稀月明。我忽然意识到，这一路追随于右手高处的原来是愁人的中秋月。

在黑峡谷露宿，天寒一如泉水，头顶星月，中秋精灵的荒山，教你不能不记忆起两年前的绝决、流动和恐怖。"到荒山去看月亮，"你说，"到有落叶有枯木有毒菌有野兽的地方去，去看中秋的月亮！"然后我拍拍身上的灰尘，南下大度山，在野火的红光前，如纪念亡魂一般，看甘蔗的黑影，叶子自身的细语；然后在高雄码头，背着卡宾枪，坐在低水的石墩上，听海浪的拍击和呻咽，士兵卸货上货的吆喝，枪支碰撞的声响，炮筒碰撞的声响，钢盔水壶争吵的声响……我们已经失落了许多，何妨再失落一些呢？"独立三边静，轻身一剑知！"有生以来最落拓的一段光阴已经沉没水底，唯中秋月无知，照在黑峡谷的荒蛮上。

第二天凌晨起身，地上仿佛结着寒霜，到悬崖上张望谷前的纵壁，拔地千尺，细流蜿蜒而带，一苇不可以航。孤鸟在深谷里啼叫，忽高忽低，失去了速度的感觉。石岩上刻划了许多年代的皱纹，谁也不信一条小小的坚尼逊河能够切开这矍然的黑峡谷。

---

① Colorado，大陆常译作"科罗拉多"。

八月的浓霜

常是冷飒的清晨，夏季的波克丽凄寒如大度山渺茫的初冬，手掌大的叶子，必是枯黄欲裂始肯飘摇坠地，一声铿然，几许旅意，由清风归向泥土，可以思索的也太多了。我住在芭柯街一间临树的小楼上，一个冗长悠闲的暑假，诗文和古典，加上些风尘霞光，我所知道的波克丽是一个陌生的城，溢满笑靥、民谣和眼泪的城。

那个暑假是我自身挖掘最深的暑假：我将自己化为不可知的矿井，阴森而幽暗，我仿佛永远是一个疲倦的站在井口的人，望着深邃中的蜘蛛网，想为自己的生命寻求一点意义。在水波的晃荡间，在晨光的梦幻里，我什么都不曾得到，疲惫而苍老，最后不能不拾起亚里士多德的诗学，冀望在雅典的智慧中，求得亘古的慰藉。海潮在若干里外的湾涯里呜咽低唱，千古一般的愁绪，苏福克力士"多少年前，在爱琴海边听见那涛声，使他思想起人类厄难生命的潮汐……"马休·亚诺德的诗：

> 啊，恋人，让我们以真爱
> 交付彼此！因为横卧眼前的世界
> 仿佛一块梦土，

缤纷，美丽，新鲜的梦土，

却没有欢乐，没有爱，没有光，

没有信仰，没有安宁，和痛苦中的慰藉。

金门大桥遥远的灯光在雾中眨着魔性的眼，又像谁带泪的眸子。慢慢地雾散了，常是冷飒的清晨，下楼来，带一本叶慈①的诗集，经过短树谧然的布拉克街，经过卡明斯诗里的细雨，像十指纤纤，梳弄着院子里的枇杷树、幼松、园灯，往电报街走去。

我已经生活懒散得变成习惯，早晨九点半，坐在 Forum 街边咖啡座上喝一天的第一杯咖啡，读一两首叶慈，看几个男女学生嘻笑地往北散步过去。街的尽头是加州大学的正门，每一个石阶我都细心数过，在想象里，每一寸土地都溅了血，都染着泪——两排新植的绿树，我们曾经争执过，是桐？是枫？在树下的木椅上听流亡的古巴人演说，在七彩水泉边学长发的墨西哥人唱歌，唱出两百年被征服，被凌辱，被驱逐的悲哀——有时坐在一方旗帜下的石梯，凝视两百尺外的尖塔，那两年前被我歌颂素描的尖塔，犹冷峻地"禁锢许多时间的奥义"；只是空间移位，写那首《枫树感觉》时，我在千万里外一座火线上的小岛上，在煤油灯照亮的碉堡里，年青，满足，也曾充满了幻想，一再编织着远游的梦，西方的流光、云层，尽是一场寒冷的细雨！

一年前在东京，看到一张到今天都无法忘怀的风景卡片，满园红得教人心酸的细叶，木质古老的桥梁，一个蓝衣日本妇女披着风巾悄立——在那一瞬间，我发觉时的距离和空的距离。十七岁的诗章，何尝不装点着异乡异土的色彩，我已经长大得可以警告自己——空间的变换只为了弥补时间的缺憾罢了！盛唐的京都烟云已远，想望在扶桑的飞檐上捕捉一点历史的残渍；美洲大陆的冰山，多像五代画幅上的

---

① Yeats，大陆常译作"叶芝"。

古意啊，秋天的烟，夏天的云，春天的雾，冬天的雪，许多偶然的交替，自然的嬗递都被我抹上历史和传说的色彩，从纽约到旧金山，从盐湖城到芝加哥，没有一片美景不被我稚气地比作千年前胡马委琐的长安。

波克丽沉入我心臆中的不是街头流浪人的演说和歌唱，是一些子夜的清风，落叶和海潮的呢喃。多少年前，第一次飞车去北滨海岸上张望花莲市区的灯火，那时听不见海涛的幽怨，看不到城里的哀伤，少年的臂弯拥着乡梓的星云，离别的激动，和四海的汹涌。从港口的危崖上看沙滩外的渔火，心里却没有开怀，只惦记着另一个多风多梦的山头，没有海，没有河流的山头。在那小小的相思树的山头，我写诗，读莎士比亚、辩论、喝酒，为三月的桃花林素描。坐死了许多青苔，看完了许多月落，听完了许多钟声，山依然是山，只是建筑物的红砖淡了，牧神的影子淡了，相思林长高了，草地上长满了菌类，把我们的白鞋沾湿。最清晰的应当是北台湾另一处柔美海岸的黄昏，和黄昏暮色里小浪拍打机帆船的声响。许多海的呢喃，灵魂的呢喃，莫不是生命的血液已经盈满了，莫不是欢乐的水泉已经枯竭了，有一天我走到高处，看见丁尼逊所畏惧的黄昏星。

我把一段美好的生命交给阴凉死静的波克丽，在一个小山谷里，陪九岁的弗兰西斯采摘流汁的野草莓。他说：小心，别掉到水里去。不会掉到水里去的，我说，我当过陆军少尉。我不信，他说。你不信也算了，我说。我手抓着一根坚韧的青藤，绕过一棵高大的毒橡树，他在水涧上洗濯沾了莓汁的双手。我对他说，你绝对不会相信，中国的竹子像校园里那根旗杆那么粗。他说他相信，他也相信中国人过年的时候，要放成箩成筐的鞭炮；警察局规定我们星期五晚上六点到七点才能放鞭炮，他说，我有一盒鞭炮，在旧金山买的。我们捧着草莓穿过野草及膝的树林，惊起许多野鸽。

那豁然的惊讶是生命中许多风景的一片。穿过波克丽丘陵的山隘，我看到碧蓝的湖；爬到高处，有些风中的苍松，老迈而沉郁，有些远眺的忧伤。一年了，校园里的绿草地依旧如茵，红木小径依旧清幽，小桥下的流水依旧浅浅，花落如去夏，街道上的吉他声仍然重复着琼·拜兹带着忧郁和泪光的民谣，诉说风沙中游侠的寂寞，和窗户内少女的哀怨。金门桥还在远处，白帆潇洒，绿水荡荡，我所记忆的已不再是星光下的果园，已不再是飞舞着红蜻蜓的草塘，而是路，是歌，是泪。是子夜的彳亍，是凌晨的浓霜。

范布伦的古屋

在城的北端，范布伦街的尽头，树立着一幢古屋。范布伦街是很熟悉的一条街道，两侧夹树，都是粗壮高大的榆和枫。一九五八年光中在爱荷华大学读诗，先住在他的"四方城"，写了一本诗集，买唱片，想家；第二年暑假一到，他迁出"四方城"，渡河到了城东，在范布伦街的南段赁得一间小楼。去年光中返校时，也正是秋深如此，红叶萧萧，他说：我要去范布伦街重访居停老房东，我笑说，你的兴致还是很五四的。

光中的感情是够"传统"的；当年我们刚接触现代主义，黄用开口闭口要"反传统"，光中说 ignore him! 我们沿范布伦街南行，看到一棵金黄的枫树，没有一片绿叶，树下停了几部汽车，我说：洛夫要是看到，便有佳句如燃烧的欲望下我卑贱的爬行；他说：若是痖弦，则流落的妹子拉起竹帘，反身弹她的三弦；若是罗门，香槟酒柜的古典泼弄音乐的青空；周梦蝶就叹气，我佛趺坐闪烁黄金的尘埃……我问他，他自己会怎么说？他笑而不答："我的小楼就在坡上。"一年过去了，昨天收到他自密歇根来信，"敬义也到了 Iowa City，果然各路好汉齐集，甚羡慕你们的八方风雨。华苓说她很忙，但自女儿来后，心境豁然。……至于作品，西来后仅成诗一首，久不写诗，方块字的魔术已经变得不太顺手。久居番域，习于蟹行，创作前途殊堪忧也。因此我对于明夏回国的可能性，反而有点欢迎。在台时，作品不召自来；此次来美，张网设阱，作品犹不甚肯来，可忧可忧。"

光中在范布伦街的小楼是典型的美国小屋，房东是个老小姐，见到他时激动得泫然泪下，赶紧把光中从台湾寄给她的合家欢照片拿出来问长问短。我们出来时，天已暮，秋风甚凉，满地落叶，使得范布伦街显得非常安静而冷清。

一年以后，我从西海岸回爱荷华城来，疲倦，忧烦，车子开到"珊瑚庄"（Coralvile）时，远远看到大学本部金色的尖顶，在层云下瞌睡，看到爱荷华河的绿波，在初秋的凉风里缓流。进了校园，看到熟悉的草地，在草地上奔走忙碌的小松鼠，看到一幢幢砖房，和红墙上不胜凄其的长春藤，居然有了风尘仆仆遄返家门的感觉。心灵上有了创伤，血已经不流了，结成了细细的伤疤，阻隔了美学和现实间悄悄的距离。我想到王文兴和白先勇，一个回台大教书，牵挂着南中国海战火中一朵柔美的茉莉花；一个在山塔·芭蒂拉，暑假几次和我同游波克丽，坐街边的咖啡座，逛阴暗的旧书店，从加州大学的钟楼下来，说此城稍欠风骚，我还是喜欢我们的爱荷华城！回校后，我先住爱荷华大道，旋迁达汶坡街；九月十二日，王敬义来了，安格尔教授说：范布伦街北端有幢老屋，你们如果愿意，可以合租下来。于是敬义和我搬进范布伦街的古屋。

那是一幢古屋，我们第一次看到它就觉得它苍老而阴森，充满了记忆和苔痕。我们占了古屋的楼下，楼上住了五个二十岁左右的美国护士。搬进去第二天，有一个老头看到我，惊讶地说：你们两个人住这里吗？这是一幢古屋，我小时候就来过，那时这屋子四周是马场，我每星期都抱稻草来这里喂马。他又说，我们老房东名叫弗萝冷斯，是个老小姐；"弗萝冷斯小时候，常在这院子里游嬉；这房子是她祖父盖的。"我告诉敬义，推算这幢房子可能建于十九世纪初，浪漫时代，美国开拓西部的时代，鸦片战争以前，我们的结论是，这幢房子自然有鬼。

　　自从"有鬼"的念头进入脑海以后，风声鹤唳皆成魅魍了。古屋四周是广大的草场，远处种了两棵苹果树，秋深时分，满枝的苹果，风雨之夕，常听到苹果落地的声音。秋晴时候，我们也常散步过去，摘几个苹果吃。靠房子四周，是一圈大榆树，枝叶扶疏，直达楼上的窗幔，松鼠野兔在四处追逐。从树下往上看，枝丫繁密，如教堂的圆顶，我笑对敬义说，这是榆树下的欲望。树下有两个大车轮，是十九世纪美国开拓西部的蓬车留下的遗迹，不知道它们已经辗过多少土地。夜间上课回来，远远看到那么一幢黑暗的古屋，风急树摇，窗帘四飘，不觉踌躇难前。房子里的摆设和家具也都是前一世纪的古物，复瓣的玻璃灯罩，装饰着发光的风铃，房门开处，几声铃铛，在幽暗里平添几分鬼气，满地平铺的波斯地毡，四壁台子上的明镜，像爱伦坡小说中的布景，又使人联想到霍桑。有几次我仿佛看到猫，爱伦坡邪恶的猫，欧洲式的恐怖，但不是猫，是树影，是风，是幻；院子后是一片小森林，我们没有去过，但那似乎是一切鬼魅的聚居地。敬义住在厢房里，睡十九世纪雕琢华丽的钢丝床，他说：百年来，不知道有乡少人死在这个床上。就在这幢房子里，我们读书，工作。我开始修改暑假里写的诗，那往往是明亮的午后，阳光照在绿草地上，树干上，落叶上；我开始读西班牙诗人罗尔卡（Garcia Lorca）的《西班牙浪人吟》，咀嚼诗里的死亡，爱情，和欲望的精微。那一阵子思潮起伏，每一刻都充塞着创作的冲动，好像有什么鬼魂在驱使，在鞭打；秋雨的夜晚翻阅旧时的诗作，也特别容易想到昔日的人物，或生或死，无不与我同在，履我室内，窥我幽明。

　　十天以后，我们双双搬出范布伦街的古屋。敬义住到都会街的公寓去，我迁到克古林大道。这一两个月来不曾安静住过一个地方，但在范布伦的古屋里我却尝到了形而上的风情，十九世纪的幻梦深镌在古屋的红墙上，召唤着，恐吓着，漂流着，这两天读希腊当代诗人巴拿玛斯（Koslcs Palamas）的长诗《吉卜赛之歌十二章》，第四章和第五章描写诸神及先人的死亡，慷慨的挣扎，痛苦的割舍，飘游的豪情，鬼气荡然；人即神，神即人，阴阳融合，没有距离，没有谲幻，天地云影而已。

那个潮湿而遥远的夜

那个潮湿而遥远的夜，在黑暗的天籁里回响着。水从檐上流坠，苹果落地。秋已经深得教人生寒，教阶梯、林荫道，教一切可以逼视的霞光生寒。是什么样的一种情绪泛滥着？是什么样的哀伤，什么样的喜悦，在窗帘外的小院子里泛滥呢？

也是深秋，在那个潮湿而遥远的夜：在海边，在山头，在渔港，在小岛，凄凉的铃声响着，催落几个年华，掉在泥地上，埋在云影里。可堪孤馆闭……从山谷里飞升，站在陌生的回廊上，你说，走罢，回去读华兹华斯，否则又要下雨了，下雨也好，有人在尽头坐，在吸烟，哭泣——那会是谁呢？失落了的幻，溶解了的幻，那会是谁呢？是满身悲剧故事的哈代？在英伦海峡的星光下，狂呼造物？是脆弱萧飒的济慈，在去国的船舶里，诅咒诗灵？我们拾起书，伊丽莎白时代，你听我说，让我们撇开十九世纪的柔情和烦躁，你听我说点"大学才子"的事吧，倨傲的马罗，在人鱼酒店，口袋里装着《浮士德》，右手执他行凶的剑。

血淌下来了。黄昏的路上流满了诗人的血，从手上脚上心上淌下来的血。坐在石板桥上，突然思想起一个辩论的题目，让我们争执可好？尼采怎么说呢？柏拉图怎么说呢？我累极了，树下有些小白花，让我躺在小白花里好么？我累极了，我在想念一个群猴欢呼的山谷，在那个充满传奇邪恶的林子里，我不是告诉过你吗？别哭，我不是告诉过你吗？我身上奔流的也许是野蛮的收束不住的血……而且我们都喜欢读书，而且我们也都读过《罗兰香颂》，你记不记得我一再提到"六棵大树围绕一座石碑"？而且我写诗，而且我不久就要去当兵了，为什么不让我像军人那样睡在碉堡里，听炮声划过满天星斗，在春天的花香里，在夏天的草莓里，在秋天的等候里，忽然向虚无逝去？让我向虚无逝去吧！

有一天，也是一个潮湿而遥远的秋天。我们从温暖的房间里走出来，枯叶平贴在地板上。也是一个潮湿而遥远的夜，苔草像提琴协奏曲那般爬行，往星光上升。我们走到巷口，说：这是一个可怖的村子，多少松树啊，忽然有一个幽灵出现，在林子里潜行。那是你，那是我，那是失去的昔日，是诗香，是歌韵，是画意！那不是多少年前一次偶然的静立吗？"叹息落向黄昏"，你的头发这么长，这么黑，如果是你的秋季，你的头发是温暖的暴风雨。

秋天慢慢流逝，秋天也将和河水一般向不知道什么地方流逝；窗子外的苹果落尽了，也没有人理睬，那个送牛乳的长工每天清晨总把车停在仓库边，斜戴着帽，蹑足走过苹果树下，就这样，秋天快过完了，红叶早成了人行道上的烂泥，偶尔也下点细雨。呵细雨，在秃过的枝丫间飘零的细雨，你看到另外一个山谷，另外一个平原的秋色吗？呵细雨，在凤尾草尖上抖索的细雨，寂寞的河岸可曾有人真和往昔一般对着烟雾吹箫，对着瓶花哭泣吗？或许这也是另外一个遥远的夜，多少年后来回忆的夜，回忆我坐在窗下，读劳勃·罗渥尔（Robert Lowell）的诗，卡伐瑙的磨坊，毕佛利农场，和威利爵士的古堡。仿佛是烈日下的废墟，凭人哀悼，一个新英格兰书香子弟的忧愤，在历史文化的颓园里抚摩古典的苔草，仿佛纽约大街上的霓虹灯，闪在白头的清教徒的额头上，报摊上，地下火车的出口，和旅舍的窗台上。云飞得很低，那是匆匆的夏季。

也是一个潮湿而遥远的夜。蜷伏在小火车站的石墙下，听站外的巨涛打在危崖上，落下，落下，向深海，病了的愁恫的未知，落下，生命当如丁尼生的鹰隼，迅如雷霆，急落碧水……生命当如船歌，如星光下的恐惧和喜悦；或追寻，在另外一个河边，让风打在你的脸上，屈辱的哭过的脸，行过树荫，背诵昨晚写就的一首诗，喷水落回荷塘的声音，古代的声音，外国的声音；或醉卧在中世纪的书堆里，梦回英格兰寺院的钟鼓，牧羊高地人的风笛，苍翠的都柏林，乔哀思、叶慈、萧伯纳，用文字的悲哀"征服生命的悲哀！"我曾经在寒夜钻读史威福特①的《格列弗游记》，窗外有人在行走，才散的星期四弥撒，主啊，假若人如微尘，也让他快快归向微尘！

假若人如植物，秋深时候潮湿的植物，让他沉默下来，度过一个严冬，在凄其里回忆一次两次三次的音乐会，一次两次三次的浅酌，论诗，评画，和痛哭！让身上的叶子掉光，让黑暗包围住他。就像第一次潜行到滩头上的士兵，那么胆怯，死亡在南方最亮的一颗星上，等候着，召唤着。像弦琴上最微弱的一声，从垂亡的天地里震荡开来，充塞在那个潮湿而遥远的夜。

---

① Swift，大陆常译作"斯威夫特"。

逃
出
凤
凰
城

　　午后二时的比尔·威廉斯（Bill Williams），寻常寻常的小山城，我们坐在教堂外休息。教堂外有一棵大树，茂密的叶子因风翻跌，沁凉的山风从峡谷远峰吹来，那叶子两面不同的颜色，风起时才看到向阳的深绿；静止时候我们仰望，兀自一种粉白的荫——我们说，中国不会有这种树，不如管它叫"教堂树"。

　　我们从大峡谷向南。这个小城取名比尔·威廉斯，据说那威廉斯是十九世纪爱冒险的"山人"（mountain man），背着一架照相机走遍了美国的大西部，从洛矶山一直到加州海岸，所有的高峰深谷都在镜头里复制成为大都会里绅士淑女酒后的赞叹。我们也有酒后的赞叹，在扎营的黄昏，看到海拔七千英尺以上的古松，挺起向分外明亮的星辰；数百尺的巨瀑轰熄了游人的骄傲，躺在帐篷里屏息偷听美洲黑熊涉水入林；六月尾的高山，营火照见巨岩四处去冬残余的积雪，松枝的香气在白烟里扩散，飘向山泉的下游。你告诉我什么叫作"冰凉"？晨起，金阳下对水梳洗时，忽然体会到蚀骨的寒，鸣禽野鹿的声音告诉你，这是我们第一个高山。从第一个高山再南，海拔高到目眩耳鸣的时候，峰回处凛凛站着一棵岁月三千年的大红木。三千年，当种子落地抽芽生长的时候，周武王正在督师开兵，曰："呜呼，西土有众，

163

咸听朕言;"准备渡河去血流漂杵。三千年,当种子落地抽芽生长的
时候,荷马还没有开始他行吟的路程,或许希腊人刚刚屠了特洛城,
灰烬还不曾全寒吧;犹力赛士或许还在海上漂流,神祇们还在希腊半
岛和小亚细亚间风尘仆仆地干预子民的恩怨。也难怪这三千年的大树
板起面孔看你,沧海以外是中国,他的肩头够高,可以望见沧海以外
兴衰更替的中国。

　　我们坐在比尔·威廉斯的教堂树下,已经过了正午,这是下山的
疲倦,犹似夕阳温存而缓慢地偎向层云后的黑夜。峡谷抛在背后,眼
前是可预见的沙漠。五岳可以重叠,山岭和山岭最后只变成一种观念
一种意象,原来山是不要求名姓的,第一座高山的起伏何尝异乎第二
座第三座高山的逦迤?山是不要求名姓的,你呼他鹿场大山,他的风
云树色已经是鹿场大山的丰采,不论你忽然决定他是乐山或是其他,
他的风云树色仍然是鹿场大山的丰采。从加里福尼亚到内伐达到犹他
到阿里桑那,有时是小湖岸上的燠热,有时是月出奇峦的晚风,拥抱
我们的群山果然都失去了他们应有的殊异;离开大峡谷以后,大地不
再是绿林湖泊的母亲,她忽然苍老丑陋,涨黄了粗糙的面孔嫁给高温
一百十五度的沙漠。而群山一致,自然里教你惊觉的不是北地和南国
山势的不同,或许还是美洲和亚洲峰峦的差异。海拔若干公尺的时候,
你看到的总是一致的小林木,缓缓上升,你看到的又是一致的松柏;
只在犹他州南下大峡谷的时候,见到许多白杨代替了加州格律化的苍
松,我们在白杨间露宿,营火熄灭以后,猫头鹰开始咕噜咕噜地叫着,
先是一只在右边,又来一只在左边。在狄尔·蛮特(Del Monte)歇脚
的人都起身极早,为了赶赴大峡谷千种彩色的日出。

　　大峡谷是静的,却有时在死寂的谷底传出一阵回声不绝的暴雷。
柯罗拉多河费了九百万年的时间勇猛地在北美洲的冰崖切下这个峡谷,
如今却百无聊赖地流着浅浅的像一条垂死的瘦龙,可怜的柯罗拉多河

似乎也为自身的无能呻吟着。这河在阿里桑那的沙漠中忽现忽隐，切得出峡谷的水量竟灌溉不出一片农田；河岸上无尽的红岩，没有绿草，没有树木，甚至还看不见一棵仙人掌——那是逐渐逼近我们的沙漠。寸草不生的土地上踽踽走着印第安骑者。这禽兽和植物都拒斥的荒原却生长着有血有肉爱恨分明的印第安人；两百年的撕杀累坏了这些末代勇士的子民，在欧洲人的驱逐下他们从肥沃的中西部逃向怪崖干燥的洛矶山外等待绝种。印第安族人绝种的故事到处传说。加州大学今天在柏克莱的校园本来也是印第安人狩猎种地的原野，依山靠海，他们捕鱼、纺织、舞蹈、祭祀，直到白人从东海岸涌来，夺去他们的田园和猎场，毁坏他们的渔具，侮辱他们的神坛，奸淫他们的妇女，大规模的压迫屠杀，十年前全族只剩下一个男人，这个全族仅存的男人不久也死了，于是旧金山海湾东岸的印第安人宣布绝种。我感觉到今天柯罗拉多的水声那么忧悒，一定是河水也在为他万年以来共同没落的印第安人哀伤。只有柯罗拉多河是了解印第安人的，也只有印第安人了解这条全美洲最不美丽的大河。

午后二时零五分，我们离开比尔·威廉斯。绿色留在反射镜后，那山城果然被高地的绿色包扎了起来，就像所有的山城，尤其是当你遽然离开的时候。也许这阿里桑那的山城真和台湾的山坡有些不同，我想了很久才发觉，原来包扎台湾山城的不全是高地的绿松，而是一棵棵挺秀的槟榔。

车愈向南，天气愈热，我们冒失地驶进苦热的沙漠地带，先是些小灌木的荒原，绕过几座秃山以后，两侧矗然错落地站立着恶魔似的仙人掌。那些仙人掌在一百十五度的热风里伸着黝黑的手臂，有的是一只手的鬼魅，有的均衡地比划着两只手，有的弯曲着三只甚至四只魔手，焦黄带绿，邪怪地招呼着愈南愈晕的旅人。车速六十五英里的风声带不进一丝凉意，在那死亡一般的速度里忍受淫邪的窥觑，不断

杨　　牧
散　文　精　选

的仙人掌，高温，仙人掌，高温。多刺的嘲笑，苦热石沙的幽灵。恐怖不只限于黑夜和大寒，恐怖在烈日下的大原野里埋伏。开阔的天地竟不是人的慰藉。植物所给予的不再是绿意和清风，是死亡的象征，是镰刀一般的犀利。我们被自然作弄。有生以来是第一次觉得植物竟是恶意的，竟是我们的敌人；这沙漠的行程不只教你身体的水分一分钟一分钟地干涸，也教你多年囤积的幻想破灭。这种悲哀是仙人掌使你失望的悲哀。原来沙漠上多刺的仙人掌并不是旅人寂寞的慰藉，不是贫瘠大地的花朵；仙人掌是随时想埋葬旅人的沙漠孕育出来的帮凶！

可恶的帮凶在一百十五度的高温下酷烈地嘲弄着我们。我们朝南，指向墨西哥边境的山区。难得在一个小镇集里找到一棵树，暂时从沙漠和他的帮凶的眼色里解脱下来。我埋头看地图，喝水，一想到百码以外酷暑的恫吓，竟弱得不敢极目看云。如果从保定（Paulden）这一片可爱的树荫出发，规规矩矩地开到黄昏，撕破这片热浪，或许可以到达柴拉湾（Gila Bend），那儿有一片湖，也住了些印第安人。明天破晓起身，天黑以前应该可以看到圣地牙哥的海！"我们到凤凰城（Phoenix）去吧。"凤凰城有什么好玩？"凤凰城才好玩呢！我在神学院读书的时候有一位教授暑假到凤凰城教书，他说那儿的夏季每天维持一百二十度。我的教授说看看人们如何在残酷的烈日下奋求生存，也是一件很有意思的事！"好吧，凤凰城就凤凰城，我们到凤凰城去。原来那位神学教授也和仙人掌一样，是沙漠的帮凶，要把我们引诱到恐怖的凤凰城！

车越靠近凤凰城，仙人掌生长得越猖狂，午后四点钟全阿里桑那大沙漠的热气集中在凤凰城里，等候我们去自焚涅槃。一直到现在我还不懂他们为什么好端端地在沙漠里建了这么一座古怪的大城？沙漠已经够热了，他们却在沙漠里挑了一处四面环山的盆地来筑城，那山也是铁红色的，不生长一根细草，围着凤凰城像巨人般匍匐着瞪着奇

166

怪的凤凰城。要形容这些凶险古怪的山，只有勃朗宁在 *Childe Roland to the Dark Tower Came* 里说得最好；而我觉得那些山不再是包含任何风云树色的丰采的山，他们是恐龙的遗骸：多少年前的大恐龙梭巡到了火焚的大沙漠，渴死在那里，腐烂硬化，蜷伏成山，首尾衔接成一个火盆的低地，人们中了邪才荒唐地在那火盆里筑成了这么一个恐怖的大市集，人口四十五万，和文物荟萃的波士顿不相上下。一进凤凰城你就意识到火舌在全身四处猛烈地舐着，剧毒的带刺的舌头似乎要舐下你的皮肤来。凤凰城陷在高热的红光里，偶尔却有一棵喘气的棕榈立在快车道旁，扇着热风欢迎迢迢赶来自焚重生的两只中国凤凰，大意的凤凰——我们觉得已经变成垂死的凤凰。

四十五万只美洲凤凰皮焦骨烂地布下了这么一个火势威烈的葬场，用异国情调的歌声招引进两只无辜的中国凤凰。到下午五点半，日落之前，我们已经可以预见死亡的红舌一直舐到了两颊，没想到越过那么多青山绿水，闯进这令人诅咒的凤凰城来和那四十五万只西洋呆鸟同归于尽！

客栈的女掌柜挂着一张苍白如死灰的俏脸，这只凤凰已经在火堆里烧了三十多年，看她那时时绽开的不成笑容的笑容，白热，死灰——我觉得这是一只成了精的怪鸟，难怪她在一百十五度的高温下还看不出流汗的痕迹，还挂着一张冰砖似的笑容。在未来的四百六十多年间，这只焚过自己的凤凰是不怕烈火的。而我们只是初离中国森林的迷路者，喘着大气问她：我们不想望五百年的免疫，不愿意烧死在阿里桑那的火堆，喂凤凰，我们怎么飞出去？"耶稣保佑你们！加州真好，旧金山的海风真好，我去过加州。耶稣保佑你们，你们怎么会跑到凤凰城来的呢？哦哦从大峡谷来的，哦哦向圣地牙哥①去的；加州真好，我去过加州，我的表姐住在圣荷西。你们想走南线去圣地

---

① Santiago，大陆常译作"圣地亚哥"。

牙哥？那你们得黑夜赶路白天休息，墨西哥边境的游马大沙漠七月初的温度是一百三十五，上帝保佑你们这些来自加州海岸的人，一百三十五度！今天凤凰城也只不过一百十五度罢了，嘻嘻！"

我们这两只不情愿火化的中国凤凰突然间也取得两张死灰的脸。一百三十五度，三百六十英里，谁敢保证你飞得到圣地牙哥？即使半夜起身吧天明正好进入死神喧哗的游马大沙漠，谁敢保证不被他们截夺下来，参加白骨的行列？"走北线到洛山矶①，三百九十二英里，半夜动身，天明可以进入加州，加州真好，我去过，凉凉的海风拍在衣襟上。"为了避开游马大沙漠，我们决定取北线奔向海洋。凌晨一点半醒来，匆匆收拾行李，冒着黑暗的热风离开客栈，仓惶西奔。凤凰城在冒烟的死静里，大概是衔来的松枝不够罢，四十五万只美洲凤凰兀自沉睡，等着天明后的烈日再来把他们晒得更干，烤得更焦，然后说不定一刹那轰的一声，做集体的涅槃，排队升天去做永恒的精灵。

在高温的黑夜里出城，逃亡的节奏犹夹杂着浩浩天地的恫吓。才离城界，复入荒原，忽然雷电大作，荒原的雷电不带一滴水，这一刻我才体会到艾略特的准确。雷电说些什么？施予。同情。节制。就在热风的呼吼间平地一声旱雷，或在虫尸满布的挡风玻璃前忽然裂开一条金龙，照出路旁欢送我们撤退的魅魎，错落有致的仙人掌。Then spoke the thunder, Da……施予。同情。节制。忽然又是一条金龙横在眼前飞舞着爪牙，仿佛在一瞬间要攫去这两只临火惊飞的中国凤凰。这是龙与凤的闹争，西洋的飞龙威胁着中国的惊凤。四十五万只美洲凤凰挽不住的竟交给一条若隐若现的金龙吗？而仙人掌还可鄙地扮演他帮凶的角色，每当龙飞（Then spoke the thunder Da…Then spoke…），遽见丑陋的仙人掌站在路旁呐喊着恫吓着。破晓时分渡过柯罗拉多河，进入加州，我们才算逃出了凤凰城。

———————————

① Los Angeles，大陆常译作"洛杉矶"。

第四辑 七月志

七月志

　　有时候你非从自然转向人文不可，比方说你住在柏克莱，你知道加州大学傍海依山的校园那些树木草地流水好看，你知道每一次瞥见金山湾的波光都会经验一种难以自制的感动，还有那许多桥梁，那许多帆影，假如你在另外一个地方，你说不定会对着卡片上的彩色照发痴——但住久了柏克莱（一年似乎也久了），你经历的感动往往是另外一种感动，是人文的感动。

　　我们住在柏克莱的人都想，为什么大家都到西海岸来？是不是为了气候，为了海水，为了旧金山的某种情调？也许不是。许多东部大学的教授跑到柏克莱，优秀研究生跑到柏克莱，是不是有什么星象学上的预兆在指点，在吸引？我们这些外国留学生是不太花脑筋去理会的，"除了某一块土地，所有的土地都一样"；而那一块土地是在又远又近的海洋的另一个涯岸，只有人文的招唤会教人身不由主。和大自然结合偕欢是高雅的，但我们似乎一生中只有几个小段落真正勇于和大自然在一起，像二十岁左右那几个欲赋新词强说愁的年头，像七十岁以后那几个茫茫然自以为渐近老庄的年头——其他时间，我想，不如和人文结合。杜甫说："官应老病休"，勉强归隐田园山林；而时时刻刻，未老未病以前，我们追求的岂不是荟萃的人文？

171

杨　　牧

散 文 精 选

　　我不信中国古代的诗人文士有哪一个年纪轻轻就绝了仕途之念，我的怀疑包括了对陶潜的怀疑，更不要说王摩诘孟浩然之徒了！我所谓仕途，就是现在我们比较熟悉的所谓声名学识，就是人文的事业。华兹华斯也是迟迟才肯隐向湖区的啊！而叶慈、萧伯纳、乔哀思①这些爱尔兰士人，汤玛士这个威尔斯浪子，不论编织着哪种理想，都不得不奔向伦敦，伦敦除了窒人的煤烟和吵闹的机械外，还有人文。而也许煤烟和机械本身就是人文的形态。对了，就是一种人文的力量鼓荡着我们年轻的耳膜，使你奔驰，投入，使你满足而寂寞，使你快乐而哀伤，我想我也是在这股巨大的声音里摸索追寻的，从乡下的中学毕业出来，为什么不留在乡下教育学童而要出门投考大学甚至提笔来写诗作文？一定有什么力量，我想，在背后不断地推掇，也是那种力量，使我读到"侯生曰：'臣宜从，老不能；请教公子行日，以至晋鄙军之日，北乡自刭以送公子。'公子遂行"时泪水盈盈如蓦见青山雾散的造化神奇；使我在看到芝加哥和纽约城的时候，想张臂狂呼，这不是深林里细柔的溪流贯注你血脉的冰寒？这不是晚霞烧天映红你清瘦两颊的火热？有时我们被人文感动了，我们却不自觉，而这一年来在加州大学的学生生活使我确切地承认了我狂喜的人文经验，异乎清风浮云的美好，又一般地美好！

　　我们时时在转变，所谓文学信仰亦乎如此；修正是必要的，谁真有磐石般顽冥的信心，我不能不怀疑。心灵的活动是多方面的，譬诸风景的神往，譬诸诗行的跌荡，刹那的情绪往往凌越预期的条约，但有些艺术界的短处，谁也不能免，不能隐藏——这些年的教育和反省，我爱神话、文学、历史，我爱现代的绘画、小说、和现代的诗，我爱变动前进的文明，但我就是不了解现代的音乐，在爱荷华大学的时期，我有一次和一位美国朋友（他是哥伦比亚的音乐史硕士）一起听室内

---

　　① 　Joyce，大陆常译作"乔伊斯"。

乐演奏会；当我们听到巴托克的时候，我神情若失，感到烦躁不快，他看出了我的心情，但他说："甜蜜！"原来他的硕士论文就是巴托克一个四重奏的解析，他"厌恶"十九世纪的音乐，包括贝多芬，我暗自伤怀进不了现代音乐的殿堂，但我想我是尊敬它的。

从自然到人文，事实上我们都在尝试着结合自然和人文。七月的柏克莱是教人跃动的，夏季来了以后，雨水稀了，山头的野草都枯萎了，黄黄的背景挺着苍绿的古松和老桧，你走在校园的任何一条路上，都嗅着艺术和清风的香味。上个星期在史坦福①艺术馆看张大千挥毫，我经验的又是一种感触，我不记得多少年前就听到张大千的名字，而且我自己居然也曾经有过做画家的妄想，摹过许多石膏像，才发觉我是根本成不了画家的；张大千在我的印象里原是古代的名士，属于敦煌、黄山、三峡和八德园的大艺术家，我看到他出现在画廊里，那么飘逸安详，记不起心中的感受应该如何比喻，就像那一次开车从黄石公园南下沿湖看到积雪伟美的提藤山岭，那刹那而恒久的印象是不能磨灭的，我觉得我只能把我的心情用人文和自然间的微妙感应来解释。就如提藤山岭的意象，那是我们从孩提就梦想比拟过的"遥远遥远的一座座湖边积雪的大山"，而在一瞬间，当我们不期然绕过古松参天的弯曲山路，啊山，山就安静凛然地立在你的眼前，山就苍老而年轻地映进你为思考所浑浊了的眼神，使你甚至觉得你是污辱了他的美好。我们对自然的崇敬有时是难以理喻的；我们在路边休息。瞪着烈日下白雪皑皑的峰岭崇拜。

第一次见到张大千，我就自然唤回了那次望山的回忆，我看他远远地挽起袖子在白纸上点落墨迹，创作一湖荷莲明水，写诗的快意也不过如此！而我是很幸运的，那天以后我又在一个朋友的晚宴里会见他，我们一群二十余岁的飘零花果似的中国学生围坐，当中就是我们

① Stanford，大陆常译作"斯坦福"。

坐在摇椅上的老画家白髯黑袍，用他蜀山一般动人的四川话谈论中国的边疆，谈论中南半岛、巴西、北平，我们听他讲述西南欧的名山大川，毕卡索的绘画理论。有人问他对西洋画和传统中国画的看法。"西洋画"他说："自然与中国画不同——但到了终极，艺术的表现意义是相同的，没有东方西方的分别！"他像慈祥的老祖父一般不停地讲述他的游历和心情。他说："敦煌，啊敦煌最好了，每一个画家都该有机会到敦煌去住一个时期。"我在想，假使有一天我们能在敦煌设一个艺术学院，让年青的艺术学生举着火把钻进石室去凭悼膜拜古代的遗迹，去接近临摹古中国的美学，我们的绘画艺术不知道会多么健康生动！

　　这次我能在一天之内看到卅三幅张大千的作品，却不是我料想得到的，其中除了四幅，都是一九六六（他署的是丙午）年以后的作品，早期的最惹人注目的是他一九二九（己巳）年的自画像，一幅72½×38¼的画像除了自署"大千己巳自写小像"以外，纸内纸外题满了陈散原以来的诗人画家的字，画里一棵苍松，松下白衣画人，长髯犹黑，眉目英气，我似乎看见二十年代中国艺术深刻的生命，纸外若有风云之气。从这幅将近四十年的旧画里我仿佛又经历一次对老日子的没有根没有凭借的乡愁，想到那段日子的中国美术和文学，欲断不断的传统——投射到今天的现代画和现代诗上，似乎仍然有一条联系的线路，那是我们所不能忽略的。

　　近来我已发觉，自然的感动固然猛烈，常似潮水汹涌，人文的感动更加恒久而全面。在古代希腊人的活动纪录里——不论是战争，辩论或远游——我所亲近的往往神奇过峡谷或星宿的记忆。有时为了一段希腊人渡河的描述，我泫然不能自己。心与古人同涉于小亚细亚的荒原废墟，这是我年来为自己揭开的人文的奥秘。

两片琼瓦

　　二十五年的生命里大约也有二十年的光阴是清晰可辨的。我忘不了我是在高山下大海边和土著的气味里长大的。有一年雨下得太多，在山阿里，我们坐在窗内看洪水，洪水从山巅滚滚流下，淹过芭蕉和竹林，直落不再开花的山坡。水退以后，野地留下许多深沟，阳光把泥泞晒干，到了第二年春天，野芦苇和百合花就在沟内生长，鹧鸪也从树林里飞出米，在温暖美丽的阳光下歌唱。

　　那些日子是梦和无知的日子。十八世纪英国文学家强生①博士（Samuel Johnson）有一本书《华士剌斯传》（Rasselas）写一个群山深壑里的小王国，居民除了歌唱舞蹈播种收获，便不知尚有大千世界，只一个不知足的少年华士剌斯，忧郁而焦虑，想望谷外的天地。我常想，或许我也有过那种想望，从浅溪淙淙的乡间走到火车站，离开眼泪和无知的童年，坐在货车上面，看灰蒙蒙的黄昏在槟榔树间消逝，我或许也感觉到，我的世界是另外一个世界。

　　所以我们有些悲哀。每一个从粗朴的土地里生长出来的人都先在情绪上堆砌了难言的悲哀，那悲哀是对于迷信的怀想，对于旧有日子

---

　　① 　大陆常译作"约翰逊"。

的懊悔和自豪，司马中原在《青春行》里承认："那时我所怀的幻想是荒缈的，但它却是真纯的，因它充分代表着我生命的原始面貌。"

就是这样一种共通的原始面貌，这样一种分裂的迷信掌握住我们这种捕捉乡情，餐食鄙野的人的心。上大学以后，我更意识到血液里的荒蛮，处在知识矫情的天地，我除了悲哀，更生了一层愤愤，逝去的是无可理喻的美好，逝去的仿佛深山林木梢头的轻云，城里的人不懂！

而创作是不是寻求知音的活动呢？有时我难免相信，原来人的自限孤独只是为了重新肯定他傲气的价值而已。怎么把自己从人间隔离开来，然后用自己的血液将这面墙突破，重新去接触世人，这大约正是某一种人的野心——等到他用自己的血液穿墙而出的时候，他便不再是顺遂成长带着孩提愚骏的了，因为他投入世界的时候，随身携带着许多文字，他自己的文字，原始而真确的情绪，他自己定义的美。我不得不想到，司马中原的"原始面貌"何尝同于我自己的"原始面貌"呢？他来自多难贫苦的北方，我从无知的山地开始，而我们懂得彼此定义的愤怒、悲伤，和美。也许这就是艺术；和艺术同时展现的生命是没有性格的，没有区域的。文学里有许多派别，许多琼瓦（Genre），但无论是诗，是小说，是戏剧，是散文，真能判别歧异的不是作品的本质，而是表现本质的路（approach）。

从十六岁开始我就已经决定，我表现本质的路是诗。近十年来写的诗从强生博士所谓"不得已的田园风"到思维的记录，都收在《水之湄》和《花季》两本诗集里，从花莲到台北到台中到金门到美国，无时不以最初的恐惧和悲哀做血脉。大学毕业后一年内，我真正感觉到实际人生的冲击，对童年感受的贫穷山地忽然兴起莫大的关怀，我问自己："文学是不是也应该服役于社会？什么琼瓦的文学最便于服役社会？"我在金门一年，陆续写了二十余篇散文，从《我的航行》

开始，写到《绿湖的风暴》的时候，我已经不能自已，花莲山地里的阴暗和美丽恰如魅魍萦绕，伴我战地的马灯。我失去了"田园风"，失去了"异国情调"，却重新捉住了宿命式的原始面貌。我似乎并不懊恼，又似乎非常懊恼。

　　一个写诗的人不甘"单纯"，又提笔写散文，似乎是很自然的事。光中说他的散文是"左手的缪思"，恐怕并不是自谦之辞。我又要提到强生博士了，他在论泼普①（Alexander Pope）的文章里说："诗并非杜雷登②（John Dryden）或泼普仅有的成就，因为他们都擅长散文。"尽管强生的所谓"散文"特别指的是批评论文，诗人之必须时时放逐"右手的缪思"也是不可否认的。英国诗人中，没有几个是不提笔写散文的，中国诗人亦然，至少也在信札里行使这项权利。庾子山《为梁上黄侯世子与妇书》，王摩诘《与裴迪秀才书》都是；近代的诗人更喜欢散文这个琼瓦，徐志摩的散文甚至好过他的诗，痖弦的《诗人手记》流露出诗人的知识能力，那是写他那种诗的诗人最能表现另外一份才具的琼瓦。

　　从文学史上看，大部分诗人都能很轻易地把握两种以上的琼瓦，这也许不表示诗人优于别的作家，但至少表示诗人的延伸性大于别的作家。诗是压缩的语言，但人不能永远说压缩的语言，尤其当你想到要直接而迅速地服役社会的时候，压缩的语言是不容易奏效的。我常常想，这大概是我也写散文的原因。我在金门的时候和痖弦谈这个问题，他说："好比台糖公司，除了出产蔗糖以外，也出产钙片和甘蔗板。"散文是诗人的副产品，大概是无可否认的。

---

① 大陆常译作"蒲柏"。
② 大陆常译作"德莱顿"。

从下大雨写起

有一天下着雨，车子在一处小教堂外停好后，开门一看，街道像河流，人行道上的绿草地在灯光下闪着闪着，又如一堆星星。早两天，我和劳勃·戴那（Robert Dana）在校园里看到金斯堡①（Allen Gins-berg）朗诵诗的招贴，就决定去听听他怎么样开口念他那些又似分行又似不分行的作品。戴那是美国诗人，早年贫穷跑去从军，随军舰去过青岛。他退伍后到爱荷华大学去，开始写诗，入诗创作班，和史纳格拉斯（Snodgrass）、加士得士（Justice）等人在爱荷华城泡了好几年咖啡馆，慢慢投稿。史纳格拉斯先脱颖而出，得了一九六〇年的普列兹诗奖②，加士得士变成文学博士，在母校教书，叶维廉和我都上过他的课，也许余光中也上过。戴那自己也变成文学教授，一边写诗。今年他休假，特意选择到加州大学来学习东方文化。

戴那初到柏克莱，一心想学日文、禅宗、俳句；他跑去旁听陈世骧教授的唐诗，我们才见面攀谈，原来都是校友，第一次谈话时我们讨论柳宗元《江雪》："千山鸟飞绝，万径人踪灭，孤舟蓑笠翁，独钓

---

① 大陆常译作"金斯伯格"。
② Pulitzer Prize for Poetry，大陆常译作"普利策诗歌奖"。

178

寒江雪。"我们异口同声地说这首五绝使人联想到艾略特《普鲁弗洛克恋歌》里写那吸烟斗的人的技巧。陈教授的唐诗越讲越精彩,讲到老杜八阵图时,戴那对我说:"日文不学了,弄中国东西去罢!"不久他果然把日文退了,一心搞中国东西,这学期居然选了殷周铜器和中国小说,诗也越写越东方了。

我们决定去听金斯堡诵诗,和这份东方热忱大有关系;金斯堡是从印度浪荡回美国的。其实今天美国两个"挨揍的一代"①(Beat Generation)代表诗人加雷·史奈德②(Gary Snyder)和金斯堡都是东方迷,他们从旧金山起家,诵诗发迹,史奈德更是陈世骧教授"唐诗"课的及门弟子,一向以古礼事陈教授;去年秋天,史奈德从日本回加州来,我第一次见到他,看他手握绍兴酒一杯,在陈教授家说禅,觉得他根本不是个美国人,而是日本人。史奈德在日本几乎十年,专心习禅,在寺院里修道、扫地、劈柴、挑水、负重,什么都干,如今左耳垂上戴了一颗珠子,据说是禅家的什么秘宝。金斯堡选了印度,不知道是不是诚心过,但赤脚行过印度寺庙的人,总能体会些古老的神话的。

那天夜里,我们冒雨跑到大堂,堂里已经挤满了人,远近冒雨去听诗的至少也有四千人,挤得水泄不通。金斯堡秃头,满脸黑胡子,体型略胖,灯灭刹那,他手握铜铃两具,先站在台上号唱了一支印度圣曲,其声慄然。歌毕才开始念诗,一口气念了二十余首,数千听众如魔附身,由他摆布。我一直不了解为什么朗诵诗有这么大的力量,痖弦却有他的解释——去年圣诞节他在芝加哥听人念诗,看台下听众如痴如狂,福至心灵,他想大约是诗本身的问题:要诵诗感人,诗是不能太晦涩的。金斯堡的诗清晰得很,而且他小聪明极多,那种诗最

①　大陆常译作"垮掉的一代"。
②　大陆常译作"加里·斯奈德"。

能讨好台下众生，我不晓得中国现代诗会不会产生这种效果。昨天光中的信上说他现在也到处自诵作品，但我不晓得反应如何。拿洛夫做例子，我在美国人面前念过他的《雾之外》和《石室的死亡》的英译，我译洛夫的诗尽量忠实，亦步亦趋，因为大家诗风相异，我不敢自作主张阐释他的诗；一般听众都较喜欢《雾之外》。这是什么道理，我真希望当面和洛夫讨论。

　　话又说回来，美国诗坛也是混乱的，和我们的诗坛一样，纷纷杂杂，不能归类；其实不归类总是件好事。老一代的诗人慢慢作古，艾略特、威廉士、弗洛斯特等人之死，使得罗渥尔①（Robert Lowell）一天比一天重要，十年之内，此公必领导群伦矣。老一代的诗人今天还活动的，大概只有约翰·惠勒克②（John Wheelock）一人。惠勒克今年八十岁，白发诗人，和桑德堡等人同属一个时代，早年在纽约Scribners书店当编辑，海明威出版的小说全是他经手的。他的诗是柔和温情的，和弗洛斯特有些血缘上的相近。去年冬天，此公八十生日，出版诗集一册，自以为"此生最后一部矣"，却是他第十七本诗集。他写信给他的老朋友陈世骧教授说："希望我能把这本书题献给你。"书出后，第一页的献辞是："献给好朋友陈世骧，学者，文士。"书名叫 Dear Men and Women，陈教授把它译为《亲仁集》。当年甘迺迪总统就职时请了弗洛斯特诵诗于国朝大典之上，因为弗洛斯特年纪大，祥和望重；最近美国政府推举惠勒克代表美国到联合国大堂去诵诗，大约也是同样的荣誉。诗人泰德（Allen Tate）说惠勒克和哈代、叶慈一样，好诗都是老年时代写出来的。这一点与艾略特不同，艾略特的大作品许多都是三十岁以前写的。

　　我十分相信好诗是可以朗诵而感动人的，至于什么样的诗算是好

---

① 　大陆常译作"洛威尔"。

② 　大陆常译作"惠洛克"。

诗，问题就复杂得多了。我这两年听过许多美国诗人念诗，有时在课堂，有时在宴会，有时在酒店，有时在大厅。前年年初在爱荷华城，艾略特刚死，城里书店的橱窗都在展览他的书，我在校政大堂里听史纳格拉斯念诗，极为感动，中国现代诗，我只记得听过一个朋友念愁予的《赋别》（梦土上）开头"这一次离开你，是风，是雨……"，是非常有力动人的。

纪念朱桥

寒假才开始，连日阴雨，这种冷天很使我回想到同样是不下雪而寒雨纷飞的台湾岁暮。接到痖弦回来四个月后的第一封邮简，他开头对我说朱桥死了。

我和朱桥的来往几乎都是信件上的来往，但从宜兰金门间到中国美国间的文字交谊，堆起来的关怀感念也不只是一束信的重量而已。我在军队服役那年，朱桥在宜兰办《青年杂志》，他把痖弦、司马中原、朱西宁拉进了编辑委员会，也因此我才开始为朱桥写稿，当时我住在金门南部一个小村庄上，朱桥和痖弦对我说："写点散文何妨?"于是我开始点着马灯写稿，当时我心里有一个总题，"金南札记"。那"札记"里的稿子大部分都寄给朱桥处理。几年后我的散文结集出版时，我对朱桥之激励我做不分行文字的实践，是非常感谢的，而他有一次来信（总是为《幼狮文艺》拉稿）也对我说他真喜欢我的散文，"床头总是摆着一本《叶珊散文集》，夜里烦闷辄对着灯光念它。"我那时没想到朱桥也有"烦闷"的时候，就像我现在无法体认他厌世的原因。

像朱桥这种编辑，二十年来似乎并不多见；他能把一个地方性的青年杂志扩充为全国性的文艺刊物，也能把一个死气沉沉的官方出版品推向最现代最受人欢迎的新境界，我不知道文艺界里有几个人能和他比赛。我知道朱桥本来是写诗和小说的，这几年来他似乎完全放弃了文学创作，把自己变成一座朱红色的桥梁，献身于读者和作者间的交通。从他接办《幼狮文艺》开始，那种推陈出新的作风，寓教化于艺术的潜力，真不是一个普通编辑人所能轻易做到的。朱桥的死，是文艺界的大损失。作为他的朋友，我也疲倦地觉得，也许避重就轻人云亦云是长寿的唯一秘诀了。

在美国的朋友看到《幼狮文艺》的时候，总先感觉到惊讶，继之以庆幸。这三年来朱桥主编的《幼狮文艺》对社会之承认现代文学和现代艺术做了许多"同仁杂志"很多年所梦想不到的工作，朱桥把严肃的现代作品发表在指向一般读者的刊物上，借着好的编排和彩色图版，"通俗化"了一般读者所不肯轻易接受的新理想和新感受，这份贡献是我们这批自命"心灵丰富"的作者所不能不诚心致谢的。这两年来，有些诗人也感觉到"阐释"并非屈辱，于是有人大作文章谈诗，但莫测高深的，语焉不详的，文字不通的"诗论"有什么用？诗论是散文的交通，没有理由教读者糊涂，没有理由因为读者看不懂你的诗论而责备他们"保守"。我们有许多看不懂艾略特原文又拼命崇拜艾略特的批评家，我们也有不少以叶慈为依归而不懂中世纪文学的批评家；前者以为"晦涩"必为诗之美德，后者贱卖英诗的传统，但他们所最应该选修的大概是一门"高级作文"和一门"文艺复兴以前的英诗"。事实上，我们没有理由挟夷以自豪，为什么洋人超现实我们就必须超现实？为什么洋人"运动"我们就得跟着"运动"？我们从事新文学的人置生灵于不顾，置古典于不顾，我们谈何"新"，何"文"，何"学"？

我并不盲目地主张"回归传统"，我根本不了解"现代主义"，因为喊口号不是文艺活动；但尊敬传统以开拓新境界却是我的一贯信念——我们今天谈传统也许也该猛力跳出狭隘的中国文学的传统，把今天的文学创作放在一个较广大的文明结构里来讨论。我们不能否认今天的中国诗缠夹着汉唐宋的遗情，也不能否认它染着欧美文学的风味。在这种情形之下，严肃的批评家应该兼容两股洪流，在中外典籍里寻找批评字汇的依据，并以现代社会的变迁为文艺判断的基础。我们没有理由只诉诸唐诗宋词，也没有理由只知叫喊莎翁哥德①，当然我们也没有理由以畅销小说读者的口味来是非现代艺术。在我的想象里，现代的批评家是应该又博学又入世的，他的博学应能免除他以古非今的疾病，他的入世可以监督创作者的步调，提醒后者不得孤芳自赏。

朱桥是一个辛勤谦善的编辑，我于他有许多感谢，不只为个人情义上深念他给我的鼓舞，也为现代文学默想到他提供的诚意。他把自命"丰富"的作者介绍给惶恐的读者，他为求新求善的作者开辟一个付稿费的园地，使文学创作获取合理的社会报酬。当诗人、画家、小说家、音乐家们觉悟到"名士"时代已经逝去，渴望有一个返璞归真的机会时，朱桥适时为这批风尘满身的浪人搭了一座沉默的桥梁；谁知就在这一刻，他又孤零零地走了。

---

①　Goethe，大陆常译作"歌德"。

柏克莱

——怀念陈世骧先生

一

一九六五年夏天，是我来美国以后的第一个暑假，那时我还是爱荷华大学诗创作班的学生；暑假到了，不免也和其他中西部大学的中国学生一样，向东西两岸搬移，目的是打工挣下一年的学费生活费。我先在纽约胡混了两星期，工没找到，换得一身疲惫；不久安格尔先生（Paul Engle）通知我，创作班决定继续颁我一年奖学金，劝我不如回校读暑期课程，免得因找工影响情绪，违背了读书和写作的初衷。我一斟酌，反正下年学费生活费不成问题，就匆匆回到爱荷华；住不了几天，又开始发闷，乃决定和少聪一同西出洛矶山，到加州去。

少聪去加州，是为了在史坦福①大学的暑期学校教中文，所以她住在史坦福大学的校园里。我去加州，师出无名，幸亏此前林以亮约聂华苓译书，聂华苓事情忙，嫌译书太麻烦，竟把我转荐给林以亮，代替她自己的译书作业。林以亮竟也赞同，并且来信把报酬数目向我

---

① Stanford，大陆常译作"斯坦福"。

解释了一下；我估量，如果好好做，光是译书，挣的钱并不少于洗碗托盘子，就非常干脆地接受了下来。我住在柏克莱芭柯街，同屋的有东海物理系的同学陈敏，我每天除了译书，就是写诗写散文，散步喝咖啡，并专心精读叶慈全集，周末辄渡海去史坦福找少聪，生活非常闲适。后来译成论文数篇，和张爱玲、於梨华、林以亮三人的成果合为一本书，由香港今日世界出版社印行，叫作《美国现代七大小说家》。

　　这一次去柏克莱，是我生命的转捩，因为就在六月间，我第一次和先师陈世骧先生见面。现在回忆这事，觉得悲伤快乐而遥远——我相信"悲伤快乐而遥远"这样修辞含混的话，也只有陈先生完全懂得。我能记忆如何走过长长的咖啡店林立的电报街（Telegraph Avenue），枫叶翠绿，阳光满地，吉他的声音，民歌的吟唱，钟响，鸽飞，水流，犬跃。当时我怎么样都没想到一次短短的谈话，竟决定了我未来四年的学业模型，甚至挑明了我的心向，改塑了我的性格，从此决定了我一生必要走的路。

　　我初到柏克莱，就听人说到陈先生的种种。朋友们提到他，最大的印象是"严峻"两个字。其时夏济安先生在柏克莱去世不及四个月，我也听说陈先生的心情很坏，追念着故友。种种原因，使我一开始并未特别愿意去拜访他——当时我大概是这样想的：我是写诗的，又不是弄学问的；即使见了面，又谈些什么好呢？但我又确切地记得曾在《文学杂志》上读到几篇他在台湾大学的演讲稿，记得他似乎是唯一能在论中国古典诗的时候，左右逢源地引证转述西方文学理论的学者；而且我还记得，他似乎是唯一再三强调新诗在中国文学的正统地位的大学文科教授。这在当时，是使写诗的朋友感动的。不久我的老师徐复观先生从东海大学来信说，既然到了柏克莱，不可错过一见陈先生。徐先生和陈先生的交往始于有关《文心雕龙》的讨论，此后许多年，每当我在文学的题目里写信向徐先生问疑时，他总在回答以后附加一句："如果陈先生的解释与我不同，宜从陈先生。"我追随徐先生读书多年，深知他品评学术人物的标准和脾气，能受他推崇如此的，似乎很难找到第二人。

我终于鼓起勇气打电话给陈先生，自我介绍，说明来意，并提及"我是徐复观先生的学生"，以为自己壮胆。陈先生声音洪亮，但听得出有些疲倦甚至不耐烦，直到我提及徐先生以后，他才说："这样好了，明天上午十一点你到办公室来见见面吧！"我猜想当时二十五岁的我并不十分快乐，纳闷了一场，甚至想临阵脱逃，不见也罢。后来过了几年，我在他面前又提到这件事，他大笑说：实在是一方面常接到无谓要求晤面的电话，另一方面夏济安先生刚去世，心情恶劣，说话的口气声音都没有完全恢复正常。总之，第二天我终于还是一路问到了加州大学的东方语文学系，爬上了大理石梯，按时站在他的办公室前，敲门，但陈先生也终于迟到。此时我真觉得比张良还委屈，手中捧着两本自己的诗集，觉得好无聊。过了几分钟，陈先生终于上楼来了，一手握烟斗，一手抓着一把信，记得并没有为迟到表示歉意。我被请进办公室，坐在书桌前，又谦逊了一场，双手把一本《水之湄》一本《花季》捧上。他随便看了一眼诗集的封面，摆在一边，一径拆读刚才手上抓的那把信，不发一语，把我扔在一边发愣。此时，我张良之情又不禁油然而生，我竭力压抑着自己，随便浏览他满墙壁的线装书。这是我到美国一年内所看到的最多的一屋子线装书，后来才知道，是半部《四部丛刊》，另一半放在家里的书房内。在学校的是子集，在家的是经史。四年多的时光里，我一直没有机会问他为何如此割裂。

他读完信，匆匆拾起诗集，仍然不发一语，专心读了好几十页，忽然脸上有了新的表情，说了些称赞的话。我受了鼓励，心情好了些，胆子也大了，就说些写诗的抱负和在爱荷华的情形。他说："新诗是必然的，历史的必然！"我即刻印证了过去从《文学杂志》里得到的关于陈先生论近代文学的印象。事实上，一九六六年他在京都大学讲学，竟随身带了《花季》和《水之湄》而且以之示京都大学的汉学教授小川环树先生。后来他常笑着对我说："靖献，你在日本的第一位读者是当今日本最少壮的权威汉学家小川环树！"在我写诗的生涯里，能有陈先生这样长辈的知音，毋宁是奇迹。后来他开始问我，爱荷华诗创作班以后打算干吗？我答称有意读比较文学。"比较文学？你说说看心里有什么课目想研究？"我乃开口大讲自己对史诗和悲剧的看法；这时，陈先生已经变成一位笑容满面的长者，快意地吸着板烟，不时大声地追问我的论断，又引述中西材料为我的畅言作证修改，最后说："史诗和悲剧在中国文学传统里不曾发展成型，正是我数十年来时时思考的题目。"

"这是比较文学的大题目！"他说，"你在爱荷华毕业后，愿不愿到柏克莱继继研究这个问题？"

此时已过正午，陈先生在都兰楼（Durant）的办公室唯一的大窗是朝西的，阳光居然也透过百叶窗洒了进来。窗外看得见生物大楼的长廊和雕刻，广大的草地错落植着松柏和红桧。今年五月二十三日近午夜，陈先生在柏克莱以心脏病猝发逝世，同门松菜（这是陈先生最爱的两个字）自医院打电话来，跨过一个美洲大陆，麻萨诸塞①已经是二十四日的凌晨两点半，我和少聪梦中惊醒，犹疑是梦。三点半，夏志清先生又自纽约打电话来，此时我已完全清醒，乃决定天亮了就求购机票，飞加州为恩师奔丧。

---

①　Massachusetts，大陆常译作"马萨诸塞州"。

二

　　暑假结束，我和少聪仍然越过许多兀自新奇的山水，回到爱荷华大学。我依然在诗创作班，但选课的安排有了显著的变化。第一年在爱荷华，除了诗和翻译，我只规规矩矩地选了一门艺术史和一门古英文，死记盎格鲁·撒克逊的文法；如今为了将来读比较文学，除了诗和翻译，仍继续念古英文，选专书《贝尔武夫》（*Beowulf*），修德文，并且选了爱荷华比较文学系的研究讨论课程"比较文学的问题"。从一九六五年九月到一九六六年暑假，保持一月至少一信的记录，向陈先生报告求学的进展。冬天，向四个学校发出申请入学许可读比较文学博士学位的信，心目中只有耶鲁、普灵斯顿、哈佛、和柏克莱的加州大学。冬尾，在雪封的爱荷华通过考试和论文，于一九六六年二月间获得艺术硕士的学位。四月，哈佛大学和加州大学各来信，给了我入学许可，同时爱荷华大学的比较文学系也给我入学许可和一笔两三倍优厚于加州大学的奖学金，我写信问陈先生，他从京都来信："放弃哈佛，到柏克莱来！"我于是写信给哈佛的研究院，告诉他们："我决定去柏克莱的加里佛尼亚①大学。"

　　离开爱荷华是一次很感伤的经验，我和少聪在那小城里住了近两年，有很多可亲的朋友，尤其是聂华苓和她的两个女儿薇薇和蓝蓝。我因为是二月得的学位，无形中空出了一个无聊的学期，只好继续注册，每天除了啃德文和十八世纪欧洲文学，只能写诗写散文，就在这期间译了西班牙诗人罗尔卡（F. Garcia Lorca）的《浪人吟》，但大半的冬末和春天都到田里去看玉米，到聂华苓家喝啤酒吃炸酱面，没事就缠着刘国松，要他送几张棉纸给我画画他那种摘疙瘩的现代画，否

---

　　① California，大陆常译作"加利福尼亚"。

则就和王敬义吵架。

五月底我们开车横越美国的大西部；七月，陈先生和师母自日本回加州；九月，陈先生代表少聪的父亲主持我们的婚礼。十月开学，我们住在离加州大学校园很近的小公寓里，屋外有巨大的枫榆，从此开始我在柏克莱的学生生活。陈先生家在北面的山坡上，是一座西班牙式的楼房，松树环绕，他的朋友陈颖名之曰"六松山庄"。这六松山庄是我四年半里狂笑挥泪痛饮的地方，也是沉思笔记辩论的地方，就在这六松山庄里，我学到各种课室里阙如的古典和生命，我窥见学术的神奇，掌握到一点点的《诗经》和《楚辞》，掌握到一点点的乐府和唐诗——我只能掌握这一点点，因为更多的时光里，我追寻的是一种纯粹的人性的关注，一种爱，一种活力。我只能掌握这一点点，因为有一天我也必须离开六松山庄，必须也煞有介事地站在讲坛上做起洋人的先生来。

陈先生是我在比较文学系的指导教授。我选课的三年里，除了跟他读《诗》《骚》《文心雕龙》和唐诗以外，还在他的鼓励和批准下继续研究中世纪英国文学，去和英文系的研究生比较长短。一九六七年，通过德文考试后，开始选修日文和希腊文。我选修希腊文时，已经超过二十六岁，这在西方是巨大的冒险，因为一般有教养的西方人总在二十岁以前甚至十岁左右就开始学希腊文；但我读了两年以后，兴趣骤增，对古希腊文学产生狂热的兴趣，几乎到了舍弃英国文学，专攻希腊文学的地步。为此我跑去和陈先生商量，他敲着烟斗笑着说："靖献，生也有涯……"最后我决定暂时放弃希腊文，仍以古代英国文学和先秦中国文学为研究范围。最近这一两年，我常常怀疑当初这个决定到底是对是错，仍不得而知。有时很后悔那时没有继续深入荷马，有时又觉得"知也无涯"，也许陈先生当时的话，真是透过种种考虑以后的唯一出路。陈先生是好胜的，宁为玉碎，不为瓦全，然则他要我暂时放弃希腊文的时候，心里想的是什么呢？也无非是恐怕我跌撞失落于美国式的学院吧？他最了解我的狂傲和冲动。数不清有多少次，在他的板烟袋袅间，我突然发现我也温顺得像一个中文系的呆瓜。但也幸亏这种温暖的空气包围着我，使我逐渐从粗鲁的二十五岁迈向规矩多虑的三十岁。"诗教"是真的存在的，所谓"温柔敦厚"，在我从陈先生细读诗经以前，只是模糊的箴言，后来许多午后和黄昏，在都兰楼的课室里，在他西晒的办公室，在他家里的客厅，安静地讨论诗如何兴，如何观，如何群，如何怨；我方才明白为什么孔子说："小子何莫学乎诗……"

中国古典文学本来就是存在的，但随着各人观察古典文学的态度的不同，它存在的面目也不同。在国内读古典文学直觉地以它为"旧文学"，直到遇见陈先生，我才了悟三千年前的诗骚箴言也都永恒地"其命维新"。仲子的情人低低的恳求和恐惧，是三千年不变的中国女孩对爱情的欲求和顾虑；赫赫南仲部队里一名下级军官的抱怨和叹息，又何尝不能说明今天许多征人的心情？通过各种文学理论的实验和证明，陈先生使我认识另一面的文学趣味：文学并不是经籍，因为它要求我们蓄意地还原，把雕版的方块字还原到永恒生命，到民间，到独特的个人，然后，指向普遍的真理。也只有在这缜密还原的功夫以后，我们才能断定文学也有某种普遍的真理。柏克莱的四年余，我无时不在追求这种艺术的境界，设法出入古代英国和中国的文学，在陈先生的鼓励和监督下，互相印证两种文化背景和美学标准下的产物，追求先民在启齿发言刹那间，必然流露的共通性。

这么许多年来，我一直无法完全相信，我当初幼稚的关于文学创作和研究的幻想，会在柏克莱获得四年余沉实有力的导引。和陈先生在一起谈话，他总先让我乖戾地驰骋我对文学的看法，一首诗，一个事件，一项公案——他总先听我比手划脚地说上半小时，只在面前吸着板烟，印证字句，点头；等我讲完了，讲累了，而且越讲越心虚了，他才开始重新为我理出一个头绪来，分门别类，一点一滴把我的思路扶正，修改谬误，扩大，删减，顺着我的粗枝大叶仔细地爬梳，使我能下笔写文章，不致颠倒扑落，顾此失彼。他常说他许多早年的兴趣，许久遗忘了，竟在我的身上重新燃起，所以他对我的学业督促总不遗余力，鞭策磨砺，以为我或许可以继承他的文学研究于万一。这些，我竟然也还是没有把握的。今年春天，我忽兴重新探索《胡笳十八拍》的念头，在哈佛燕京图书馆收集资料时，独缺一本现代学者关于蔡文姬的讨论集。五月二十四奔丧加州，丧事完毕后，曾回加大的东方图书馆查借这书，发现书不在架上，管理人复查档案，苦笑地对我说："陈教授借走了，已经借了好多年。"

三

距一九一二年生于河北，陈先生享年仅五十九岁，这在现代是极端短暂的；是以噩耗传出，他的朋友和学生都不能置信。尤其因为他逝世前毫无预兆，更使人茫然哀悼。五月二十二日下午，陈先生还亲手在花园造短篱，当晚在他的美国学生 John Jamieson（加州大学中文系助理教授）家吃饭，喝了许多酒，对短篱之成，非常自豪。陈先生很能喝酒，一九六六年他从京都回柏克莱，是我第一次在六松山庄聆诲的经验；他进了门，行装甫卸，就问我："靖献，能喝酒吗?"我答称"可以"，他很高兴地说："那很好，能喝酒很好!"后来每次在家，谈话说文析诗，一过了下午五点，我都要为他倒酒，很少例外。但陈先生有个规矩，下午五点以前是不喝酒的。在柏克莱四年余，国内诗人朋友路过加州，我总陪他们上山拜访陈先生，每次也都喝酒。这些路过的朋友包括痖弦、郑愁予、商禽、余光中等，甚至不太喝酒的光中也是一杯在手，侃侃而谈；愁予则每次都喝得面红耳赤，语惊四座——陈先生非常喜欢诗人，尤其是写好诗的诗人，他曾说："诗写得好的，做什么事都做得好！"这种论断，使写诗的朋友不免常感到飘飘然。

陈先生早年是北京大学诗人群里的批评家，他最要好的朋友中包括许多现代文学史里最响亮的名字；他常说："朋友们都写诗，写得那么好，我想：写诗大概是写不过他们的，但我可以做一件事，我可以品评他们的作品，我可以翻译他们的作品，使他们的读者增加。"一九三六年他的《中国现代诗选》在伦敦出版，这可能是中国新诗第一次英译的结集。他自己北大毕业，留校任讲师，抗战军兴，南下长沙，在湖南大学教英国文学，旋出国留学于剑桥大学，又渡美在哥伦比亚大学研究，不久转柏克莱的加州大学。将近三十年的光阴都献给了加州大学的中国文学教育。他自己也逐渐从新诗的创作和评论转向古典文学的探索，但怀旧的情绪不时产生，常对学生说北大时代饮酒赋诗的掌故。由于三十年社会生活的隔离，他对中国的感念从强烈趋于陌生，这种现象一直到他结交到一位才性一等的朋友的时候，才完全改善了过来。这位朋友就是夏济安先生，陈先生常说："济安复苏了我对中国的了解，他为我衔接了一段我自己不曾参与的历史。"夏先生猝然去世，陈先生的悲伤是超乎一切无可形容的。他把夏先生当兄弟。在至少五年的时光里，他们是事业的搭档，也是谈天、说笑、饮酒、打牌，一切一切的搭档。夏先生的逝世，对他是莫大的打击。这次陈先生又突然离去，夏志清先生在信上说："世骧去世，实在想不到。惊讶之余，感慨颇多。他一直待我像他弟弟一样，他走了，使我更寂寞。"

陈先生的逝世，使别的许多人也觉得寂寞，经验到他失去夏济安先生时的心情。对于我们做学生的，彷徨之感，更是不能道尽。他对学生之关切，时常超乎学业的范围；现在想来，他的猝然弃世，何尝与过分劳累过分忧虑无关呢？陈先生对我们，一如父亲对子女；他给我们一切自由发展的机会，但也时时警诫我们，他要我们先在学术上站住脚，做一个有内容有见解有骨气的中国人。他常说：有些外国汉学家是不错的，但中国文学的拓宽和深入，仍有待我们中国人自己的诚意和功力！他也常说：有些所谓的汉学家一知半解，说话大言不惭，其实这种人真是中国人所谓的"色厉内荏"；逢到这种外国人胡言乱语，扭曲中国文化的时候，我们唯一的办法，就是"打"！陈先生每次开会都难免要生气，因为他听不惯一些"大汉学家"的论调，总要吵架，为中国文学的精义辩驳，争论。他的学生很多，分散全美各大学校，有许多都早当了正教授、系主任了，一般的学生都敬他，也怕他。他上课非常严格，学生准备不充分的，总是战战兢兢；他教唐诗，一定要求学生背诵，美国学生最怕背诵，但数十年如一日，在柏克莱选唐诗的学生非背得十余首五七律绝，是取不到学分的。

　　他对我的学业做人种种，要求也非常严格。我在柏克莱三年以后，沉浸于先秦的文学，有一段时期诗也写得少了；他忧心忡忡地说："诗也得写啊！不要荒废了写诗；我常怕你完全走进研究的路子，那就太可惜了。"有一次他说："我真怕你走了陈梦家的路。梦家是我的好朋友，我看你们性格很像。梦家后来都不写诗了，跑去搞甲骨文搞先秦，你可别也走起这条路才好！"我有了新作品，大抵都请他诒定；陈先生读现代诗，带着读古典的诚意和耐心。关于新诗难懂的问题，他说："其实旧诗又何尝易懂？杜甫的秋兴，义山的无题，也都要下功夫才摸得着意思。我们读新诗，为什么不可以也下同样的功夫呢？有次在家喝酒，他对着愁予和五六个朋友分析愁予的作品，事后愁予说，学者谈新诗，陈先生是"天下第一人"！但陈先生并不是非"庙堂文学"不读的。他和夏济安先生一样，是金庸的武侠小说的忠实读者，他曾经狂草写了"雪山飞狐"里的一首引诗送给我们，结尾两句是："结客四方知己遍，相逢先问有仇无。"

陈先生对自己的写作要求非常严格，他常说，一篇文章若是没有值得让别人共享的发明，便不必写它。他的中英文学术论文近百篇，牵涉到文史哲的各种问题。除了中西古典的探索以外，其中最令我们惊讶的是一篇关于"唯在主义"的研究。此文发表于一九四八年北平出版朱光潜主编的《文学杂志》。所谓"唯在主义"就是今天我们说的"存在主义"；"唯在"乃是相对于"唯心""唯物"而言的。这篇文章可能是中国思想界最早谈论存在主义的文章之一。陈先生过世以后，我受陈师母、夏志清先生和杨联陞先生的督促，负责搜集他的中文遗著成书，六月中在康乃尔①大学影印得这篇以"陈石湘"笔名发表的文章，随即给张系国看。系国正在弄现代哲学，他看完了说："就是现在许多搞存在主义的人，也写不出像这篇二十多年前的东西周密精彩的文章。"陈先生的中文著作可望年内在国内结集出版；他的英文著作五六倍浩瀚于中文著作，正由加州大学的 Cyril Birch 教授整理中，不久也将由加州大学出版部印行。陈先生生前常说，写论文是好的，但出书不好，言下怕的是落入文字障。他的朋友和学生总不断劝他结集出书，他也总是一再推辞。现在他已经去到一个清明朗静的世界了，安息了，不必再忧虑魔障了，也不必再生气了——他的朋友悲伤之余，奋发起来为他印书，以陈先生的热诚坦荡，大约是不再坚持反对的了！

现在回忆起来，陈先生忧虑的事情太多了，他把自己累倒了。我仿佛可以看到他一手握着烟斗，皱着眉头思考做决断时的样子。他是一位浓发浓眉的北方人，皱纹很多，痣很多；初识的人总畏惧他，但据说他却是同辈朋友中最放任最随便的人，他是朋友中的诗人。陈先

---

① Cornell，大陆常译作"康奈尔"。

生对他的长辈也最有礼貌。在我们学生面前提到前辈人物的时候，他从不直呼其名，总用"先生"二字：他提到胡适之，一定说"胡先生"；提到周作人，说"周先生"；提到赵元任，说"赵先生"；提到顾孟余，说"顾先生"。久而久之，我们也都习惯地知道他的所指了。提到同辈时，他的作风是直呼名号，如联升、志清、复观、济安——这在我们从台湾出来的学生的印象里也是温馨而具有教育意味的经验。他对晚辈的关照提携可谓不遗余力。记得一九六九年五月我考博士口试前夜，辗转难眠，考过以后，陈师母偷偷对我说："昨晚上老师也睡不着觉，我问他，为什么睡不着，他说：明天一早你要考口试；我说是靖献被考，又不是你被考，你为什么睡不着，他也说不出个道理来。"陈先生五月二十三日上午病发以后，昏迷了近十小时，当中醒了一会，来不及交代遗言，却喃喃念着两个学生的名字。他对 John Jamieson 说：她们的硕士考试和博士论文怎么办？陈先生知道他的病很严重，但即使在这一刻，他最关心的也还是学生，难怪他逝世的消息传出以后，郑清茂去为他代课教词选，班上的学生坐在教室里哭泣，拒绝上课。学生说，不上课了，我们要回家去，到图书馆去，把我们最喜欢的词译成英文，辑印成册，纪念陈先生。

去年八月中，我和少聪离开柏克莱，开车来麻省教书。临行上山辞别，白花花的太阳，松树苍翠，陈先生取出珍藏的高丽人参酒，斟了两杯，命我喝了其中一杯。陈师母和少聪已经泪眼婆娑了。今年春天，华盛顿大学来聘，四月十五我飞西雅图与华大的教授先生见面，忽兴南下加州之想，十八日到了柏克莱，即与清茂驱车上山，与陈先生在暮霭夜色里把酒谈了六七小时，这竟是我与陈先生见面谈话的最后一次。记得那天他提到许多暑假回台湾的计划，再三表示希望能和诗人们见见面。五月底，噩耗传来，奔丧期间，陈师母责令我整理陈先生的遗物。走进楼下的书房，看到熟悉的满壁图书，墙上丰子恺的画，桑他耶那的照片，不禁非常伤感。书桌上摆了两张飞机票，一张到檀香山，一张到香港转台湾。启程日子是六月六日，离去世那天，也只不过是两个星期罢了。陈先生去年夏天回台，游花莲，对花莲的民风和山水大为赞赏，酒后曾对家父说，加大退休以后，或可以迁居花莲，办个小学校，享受他的晚年，从三十年海外漂泊的风尘中安定下来。花莲是我的家乡，山水有知，当也和我一样的悲悼。

覃子豪纪念

一

　　覃子豪逝世迄今十一年有余矣。我人行文，于称呼前辈时，生者称先生，死者便不必称先生，直呼其名也不算失礼，盖死者已矣，乃是历史的一部分，而且径署其名不呼先生，也表示死者确实已经是历史的一部分，超越了生者重重束缚的繁文缛节。死之解脱死之自由，于此亦最值得羡慕了。覃子豪，诗人也，当不至于反对我这个理论罢！

　　覃子豪逝世迄今十一年有余，朋辈之间，谈诗讲故，时常提到他，有一种半因岁月半因批评的距离而产生的奇异感觉。有人认为他只是一位牵扯太多，放不开、叫不响的先驱人物，算是诗史上难得的功过刚刚相抵消的老好人；有人却以为他于温柔敦厚之外，发散了一种使人着迷的浪漫气息，举手投足之间，自有无限的诗人气质，不但是可敬的，也是可爱的；更有人觉得他所树立的所谓"现代诗人"的风范和格调，忍耐委曲以求全，呐喊飞跃以成功，退而静若处子，摩挲西欧半解不解的新书，进而动如猛虎，抨击诗坛似是而非的理论，总是一代健者。我个人拙于理论，我的判断自然是羞涩的，一朝回忆覃子豪种种，仿佛回到十余年前的世界，援笔录之，旧雨新知，其爱覃子豪者，其恨覃子豪者，先请容我抄一首诗：

阴云自山阿升起

沿着疏落的白杨小径

有人在水楼上饮茶

倾听琵琶

盛夏的时候，怀想一首诗

题在樱花凋谢以后的京都

呻吟的桥梁，醉舟上的哄笑

灯芯绒的小帽

你从尼斯回来

脸上刻划着地中海

许是浔阳江头

分裂的石像

许是山地一朵柑橘花

零散的月光在鬓上闪烁

栖木类的鸟

逐渐飞画，从流星的归程

向谁两臂十一月天的微寒

有人在水楼上饮茶

沿着疏落的白杨小径

阴影自山阿升起

我作此诗于爱荷华城，题曰《纪念覃子豪》，离覃子豪去世总有两年光景的时候。诗曾发表，并收在一个诗集里。前此，我一九六三年十月间在金门服役，听到覃子豪逝世台北的消息，曾写一纪念的长文，寄给台北的一家报纸，石沉大海，我亦未存底稿，从此失去了踪影。我在这纪念文里说的事情，现已不复记忆，但总不外乎是追思的情绪。追思的情绪是不会骤尔消灭的，覃子豪虽已逝世十一年有余，我们对于他的追思，并未尝稍减。

<h1 style="text-align:center">二</h1>

　　小时在乡下读书，渐知有新诗，也颇喜欢，那时不太管什么意象、譬喻之类的东西，能朗朗上口的，总是好的。课本里有罗家伦的"青海青，黄河黄，更有那滔滔的金沙江"，反复诵读，觉得喜欢，有时瞪着中国地理挂图看那一片不可思议的大西北，一遍又一遍和台湾岛比较，常为台湾岛之微小觉得沮丧无聊，真是悲哀得要命。过两三年，课外知道台北也有写新诗的人，甚至花莲也有，而且歌颂的世界也并非广大如新疆不可，大为惊喜。那时初闻纪弦先生和覃子豪之名——纪弦即有《花莲港狂想曲》，热情奔放，说花莲是"台风之花""地震之花"，喊得我这个花莲儿童不胜感动兴奋之至。而覃子豪更不知为什么简直把花莲乐土化了。

　　覃子豪有《兀鹰与苍龙》一诗（又题《花莲港素描》），赞美花莲港又是兀鹰又是苍龙，难免也提到台风和地震。台风和地震似乎是我们花莲的特产：

　　　　台风来临
　　　　你想乘风而去
　　　　大地震动
　　　　你想沉潜海之深底

这种比喻到底得不得体，先不必管他。我总是觉得高兴的，有台北来的诗人这么认真热诚地描写我们花莲。覃子豪又有一首六节的《花岗上掇拾》，也是写花莲的诗。花岗山是花莲滨海的一处高阜，其实不算是什么山，我中学时代每天上学，都要骑脚踏车翻过花岗山，山的这边是花莲师范学校，那边是花莲女中。我从花莲师范这边上坡，从花莲女中那边下坡，沿海岸公路过桥，又上坡，努力脚踏十分钟，即可到达花莲中学。那时实在没想到花岗山居然也可以入诗。我曾经抱着覃子豪的诗集《向日葵》跑到花岗山僻静之处，翻到第一页《花岗山掇拾》，实地考察，一一印证，看看诗人的心思到底和我的感觉有什么不同。这种事也令我快乐。原来并不是新疆才能入诗的啊！这种事令我非常快乐。

　　覃子豪常以花莲入诗，原来和他当时的职业有关。他是粮食局专员，须常出差花莲，有时也去台东（遗作中《过黑发桥》即写台东），我那时开始看闲书，除了杂志以外，每星期也专心看《公论报》上的《蓝星诗刊》。《蓝星诗刊》的刊头画一没有脑壳子的石膏像，天上是大大小小的星子，据说也出自覃子豪的画笔。覃子豪能作画，知者甚多，《海洋诗抄》插画十帧，即他自制。我看《蓝星诗刊》时，编辑是覃子豪，有时余光中也编，但征稿地址一直在台北市中山北路一〇五巷四号，即覃子豪的家。蓝星诗社的诗人除覃子豪、余光中之外，又有钟鼎文、邓禹平、夏菁、吴望尧，其后更有罗门、蓉子、黄用、张健、周梦蝶等；有时向明、敻虹、王宪阳也算进去。迨一九六二年夏菁写《爱的诸貌》时，我也被列为"蓝星诸君子"之一。其实我虽有两本诗集列入"蓝星诗丛"，我从未觉得我属于蓝星诗社。我在《蓝星诗刊》上发表了不少诗，但这也不能算是我属于蓝星诗社的证明。那时痖弦、洛夫也时有新诗在《蓝星诗刊》发表。

三

覃子豪出差去花莲，大概只专心公干，不曾逗留打文学界的秋风，所以来来去去，我在花莲总未曾见过他。一九五八年夏天我到台北，八月十四日才第一次与他见面。他中山北路一〇五巷的住处，老台北人称之为六条通；黄用家住二二巷，称七条通；我借住在姨妈家，即九条通。第一次去六条通拜访覃子豪，好像是和黄用同去的。

蓝星诗社编辑部原来是粮食局宿舍里的一间单身屋子。宿舍外有大门，应门的是一位不苟言笑的中年女佣，总要盘问"找谁?"我们说找覃先生，她随手一挥，抽身便走，每次都是这个程序。幸好黄用来过，便领我走上木板走廊，咿咿呀呀往覃子豪房间走去。这个宿舍是日本式老房子，看得出昔日派头，应当是相当豪阔的。有一大片花园庭院，如今改为单身宿舍，住的大概都是大陆来台的独身专员，首先不惯日本式房子玄关脱鞋的繁缛，干脆一律自面对庭院的后进出入，故咿咿呀呀的木板走廊其实是标准日式大宅的缘侧；而缘侧一节，通常是日式住宅里最美丽最雅致的所在，如今皮鞋咯咚响而过，早已不复缘侧了。覃子豪早年留日，猜想他对宿舍里这种变革，一定颇不以为然，但独力难挽狂澜，他自己也穿鞋在缘侧上走动了。

缘侧荡然，但推门进屋前，仍然要脱鞋上榻榻米，这表示主人是努力要维持一种东洋趣味的吧！覃子豪那年四十七岁，精神很好的样子，稍瘦削，但不难看，肤色虽不是红润那一种的，但黑中自有精神，一口浓重的四川话，笑声也还似乎带着四川调子的。他年长我们甚多，可是我感觉他绝无霸道气味，可以说是和蔼、容易亲近的人，只是有点羞涩。第一次见面谈了什么，完全不记得了，大概谈到花莲，走前他送我一本《向日葵》，在扉页上题字："赠给叶珊老弟　著者四十七年八月十四日"。字极苍劲有力，这书我到今天还存在手边。

此后一年之内，我常去找他，通常是礼拜天上午。覃子豪那时从者不少，主要是他在函授学校改稿子时吸引过来的年轻人，有些人称他为老师；《诗的解剖》一书即他为学生修改习作的批评集。他礼拜天上午总坐在家里，谁来看他都欢迎，不必约。我通常都和黄用及洛夫同去；洛夫那时在大直军官外语学校受训，礼拜天休假搭十七路车到台北，在照安市场下车，有时先到九条通找我，双双去敲黄用的门；有时先到七条通找黄用，双双跑来敲我的门。我们三人去六条通时，黄用总说："三大通天教主上花果山水帘洞寻访老猴子"，因为覃子豪外号老猴子，以其黑瘦外形得名。说者通常并无恶意。覃子豪也不以为忤，但他不太喜欢"老猴子"之名，喜欢说他自己是"长白山猿"。长白山猿是何物，我迄今仍不甚了了。黄用喜欢说笑话，对覃子豪亦复如此；洛夫有时也帮腔，我一旁凑热闹，置喙机会并不多。但我们三人同往之时，总是兴尽方去，有时说话过分，恐怕也有得罪主人之处。然而无论如何，我都不相信洛夫、黄用与我三人在覃子豪处造成过"事变"。余光中在《第十七个诞辰》里所记似乎太严重，恐怕只是一面之辞，不太可靠。尤其余光中说黄用"吸引"了洛夫，恐怕不是春秋笔法；又说我们三人对覃子豪"欠缺敬意"，恐怕是以偏概全之论；至于说我们三人与覃子豪之间的"不满之情，时弛时张"，大概是根据黄用的航空邮简推演出来的结论，想当然耳。其实假如真有"事变"，只能算是黄用和覃子豪之间的冲突，算是他们蓝星诗社的"代沟"问题，洛夫和我哪里管得了那么多人家内部的问题？余光中以此与所谓"五人诗社"相设想，以为"五人诗社"是要脱离蓝星而出的不法组织，更是站在因黄用是蓝星分子的立场此一事实所做的推断，这是不正确的。其实如说我被黄用所"吸引"，我矢死不会否认，我确实喜欢黄用；但那时洛夫和痖弦头角峥嵘，有的是抱负和理想，那里会想到去利用人家蓝星内部纠纷而"策反"黄用？而且夐虹那时是艺术系一年级的小女生，与黄用至多只见过一次面，印象并不深刻，那里会把黄用和"五人诗社"联在一起？真正想搞"五人诗社"的是洛夫，不是黄用，至于黄用"也要余光中参加"（那就变成"六人诗社"了吧？）好像确有此事，但我已记忆不清，不便评论。我记忆里最清楚的倒是洛夫、痖弦和我心里一直要张默参加之事。无论如何，"五人诗社"的始末，是不宜和蓝星诗社的内讧扯在一起的。

　　我在覃子豪处，遇见不少写诗的人，好像包括罗马（商禽）、袁德星、辛郁、秦松这四位"同温层"的朋友，还有向明。但我记忆里从未在他家遇见其他蓝星诗社的人。覃子豪在家时，总穿一拖鞋于榻榻米之上，坐在书桌前，兴致好时，也煮咖啡待客。他冬天穿一件绿色灯草绒的外套，曾经自得地引用痖弦的诗说："诗人穿灯草绒的衣服——我这是道地的灯草绒。"他书桌上常摆着法文书籍，多是二十五开本略短的纸面诗集，因为他喜欢法国诗，但据说他法文并不顶好，其后出版的《法兰西诗选》也不太受人注意。我想覃子豪之爱好法国诗集，有他不可磨灭的历史功绩，至少他为我们介绍了一种新鲜的诗集装帧术，亦即那种特殊的二十五开本略短的版面。这种短版面是法国书籍的特色，排印中国现代诗尤称典雅实用，我列入蓝星诗丛的两本书都采取这种版面。

　　第二年我去台中上学，寒暑假回花莲，偶然也经过台北。有时我也去六条通看覃子豪，但大学四年之内，我似乎总是在六条通以外的地方看到他。第一次应当是一九六〇年一月间，寒假时他到东海大学来演讲，我适在校，曾与他和余光中、王渝四人合照了一张像。其他见面的机会都在台北，有一次好像是在水源路中国文艺协会，记得那天有人起哄，要他唱四川戏，他先是非常羞涩，最后是万不得已吧，终于起立唱了两三句了事。我总觉得覃子豪其实是一位非常害羞的人。

这时覃子豪已经搬离六条通，据说住在新生南路，但我从来没去过他新生南路的家。一九六三年我始风闻他罹癌症，情况严重。我六月间大学毕业，到台北时曾多次去台大医院探望，那时他已经非常衰弱，癌症腐蚀人的精神和肉体，真是令人骇异的迅速。我看到年纪刚过五十的诗人被疾病如此侵害，不免万分悲伤。最后一次去病室看他，是我去高雄登舰赴金门服役前数日，秋深的病院，充满凄凉落寞的情绪，诗人高躺在支起的病床上，我趋前告诉他不久就去当兵了，他拉住我的手叫我小心。

这大概是一九六三年十月初的事清，是我最后一次见到覃子豪。

四

覃子豪的写作生涯里有诗集五种，曰《生命的弦》《永安劫后》《海洋诗抄》《向日葵》《画廊》；评论集三种，曰《诗创作论》《诗的解剖》《论现代诗》。诗人既死之后五年，乃有《覃子豪全集》之出版，精装二册，第一册除五种诗集外，有集外集及断片；第二册于三种评论外，又有未名集。全集约一千一百页，覃子豪的诗人资格，尽在于斯矣。

其实又不尽然。覃子豪对现代诗学的贡献，除了全集所示各种著作以外，还有他通过蓝星诗社所掀起的冷静的文学态度，我一向觉得覃子豪是冷静文明的现代诗人，他这种态度是健康的文学态度。他主编过《公论报》上的《蓝星诗刊》，在他的影响下，蓝星竟有宜兰版的出现，已可见一斑；他又主编《蓝星诗选》，也采取那典雅实用的二十五开略短的版面印刷，当时又称大蓝星，有别于夏菁创刊的《蓝星诗页》，又称小蓝星。夏菁也是一位冷静文明的诗人。覃、夏二人，加上另一位冷静文明的余光中，构成所谓沙龙精神的蓝星诗社，不论你喜不喜欢他们，都树立了一种格调，于二十余年现代诗发展史上，确实有他们不可磨灭的影响。

　　论者常谓覃子豪的诗越到晚期越成熟，这是不假的。他结集的诗中，最出名的是《瓶之存在》《城外》《吹箫者》《分裂的石像》《金色面具》等篇，都收在第五诗集《画廊》里。这些诗好固然好，有一种凝练紧密的质理，步步楼台，比诸早期的作品是圆熟丰富得多了；可是除了《城外》一首，这些诗也难免窒闷，缺少流动的韵律，有时更显得过分堆砌，过分镂镂，终非上乘艺术的理想，其中尤以他公认的代表作《瓶之存在》为甚。此诗开头一段即可为一例：

　　　　净化官能的热情，升华为灵，而灵于感应
　　　　吸纳万有的呼吸与音籁在体中，化为律动
　　　　自在自如的
　　　　挺圆圆的腹

故我于《画廊》诗集一向不喜。我总觉得覃子豪以他的才情和经验，应能突破那种窒闷的空气，拆开他的堆砌，擦去他的镂镂。而他并没有使我们完全失望，他最后的作品中有一首《云屋》，我觉得是他冲破自我范限而生的新艺术。诗共三十一行，首段：

　　　　松满山，绵羊满山
　　　　一片青，一片白
　　　　遮尽长满青苔的石级
　　　　依然从青松的枝柯下走入园中
　　　　没有门钥，依然打开
　　　　被云深锁的门

文字爽朗，虽未及透明的层次，总比他一般早期的作品坚实，而比他《画廊》里的代表作清澈。覃子豪温柔多情，晚年深邃，但下笔仍然是一唱三叹的恋歌。《云屋》末段又以"松满山，绵羊满山"起兴，呼应首段，勾画一个恋爱的世界。此诗若不署名，会教人以为是哪一位青年诗人初逢爱情的惊喜参半的恋歌。

覃子豪晚年又有《过黑发桥》一首，也在全集《集外集》中，并影印其手稿于书前。这也是一首富于历史趣味的杰出作品。《过黑发桥》也以台湾东部的山地为背景，和早期的某些名诗相同，但所谓"背景"，只是引发诗思成型的理念，为我们接近诗人创作过程的线索，其实并非诗的主旨，此与《兀鹰与苍龙》及《花岗山掇拾》之描写叙事已有差别。黑发桥在台东，想确实是诗人目睹的，而且更可能是诗人目睹当时，先为桥名黑发所憾，继则环顾观察，酝酿诗情——诗人创造，不乏这种兴于末而成于本的情形，是不可置疑的。

诗人以桥名黑发开始立意，先导出一"佩腰刀的山地人"和他"长长的黑发"被海风吹乱：

黑色的闪烁
如蝙蝠窜入黄昏

海风吹乱黑发是否能构成闪烁如蝙蝠的效果，也许不是我们追问的题目。黑发于此，是为了对照诗人自己的"一茎白发"，渐知老之将至，时已是日之夕暮，苍凉落寞之中，诗人独行"于山与海之间的无人之境"，覃子豪偏爱这种孤独的旅人意象，此亦见于早期的"花岗山掇拾"中。黑发只是名，名是末节；白发是实，实是本体。一茎白发"溶入古铜色的镜中"，萧索于黄昏，于异乡偏僻流浪的黄昏，覃子豪之寂寞心情大致可见矣。但此诗并不以此悲怆的情绪作结，忽然提高，打破悲怆的情绪，直指另外一个宿命的世界：

> 港在山外
> 春天系在黑发的林里
> 当蝙蝠目盲的时刻
> 黎明的海就飘动着
> 载满爱情的船舶

此末段之首二行是熔思乡和忆旧于一炉的感慨技巧，华年已去，可待成追忆，但于蝙蝠目盲的惘然时刻，心情仿佛回春，似真似幻，展现另外一个黎明。首段的蝙蝠本属唐突，至此反而自然神异，在那盲目飘摇之间，诗人又以爱情结束他生命追寻的燔祭。《过黑发桥》也许是覃子豪最后一首诗，至少对于后世读者而言，它在全集之末。此诗不长，但既响应了早期覃子豪充斥字里行间的孤独情绪，又点明了晚年黄昏火焰燃烧的皇皇色彩，正好可以收束诗人各种飘摇动荡的意象，是准确是暧昧，总而言之，已经是生命和诗的结论。这个结论不夸张，也不啴嘽，覃子豪的最后一行沉重地肯定了爱情，他一生对于爱情的信仰，更肯定了他多年为众所乐道的头衔，爱情载在船上，覃子豪曾经是名噪一时的"海洋诗人"，他仍然是海洋诗人。这首诗的另一层意义，是超过历史性而为美学批评性的意义。覃子豪于《诗的解剖》一书的最后一篇里，提倡"自单纯进入繁复"，此原则不算太差，但自单纯进入繁复，亦不可没有限度，质言之，繁复如"瓶之存在"，实非现代诗必然的优点。再质言之，诗的理想，最后仍然应该自繁复回到单纯，见山是山，见水是水，此一理想，参差可见于《过黑发桥》。